鲜花感恩雨露的滋润，
苍鹰感恩蓝天的壮阔，
大地感恩春光的芬芳……
一句问候，一点关爱，一个笑容……
你的感恩，请从这里开始。

感恩朋友

令中国学生珍惜一生的友情绿洲

The real friendship will be treasured

By us for ever

总策划/邢 涛　主编/龚 勋

汕頭大學出版社

序言/FOREWORD

感恩是一种做人的基本道德准则,是一种为人处世的哲学,也是一种生活中的大智慧。感恩教育的内涵十分丰富,包括:感恩无私的父母,感恩朝夕相处的朋友,感恩诲人不倦的老师,感恩给予自己温暖的亲人,感恩发人深思的生活,感恩激励一生的青春岁月……

　　这套"感恩阅读书系"是为同学们量身定做的一套课外读物,书中所选故事风格清新隽永、真挚感人,能触动同学们心中最柔软的角落,激发大家的感恩意识。同学们拥有了感恩之心,就会对他人充满爱心,也就拥有了做一个高尚的人的思想基础。此外,这套书还有一个特色,那就是文后附有"写作技巧",因此,同学们在阅读美文的同时,还能从文后的"写作技巧"受到点拨,提高自己的作文水平。

　　愿这套书能将感恩的种子播种在同学们的心田,开出爱的花朵。

语文特级教师　洪艳

目录 / CONTENTS

- 002 / 爱中有天堂
- 005 / 八年的承诺
- 008 / 把金牌熔掉
- 010 / 把伤害留给自己
- 012 / 毕业的礼物
- 015 / 曾经同桌的你
- 018 / 沉默是金
- 021 / 穿着我的靴子回家吧
- 024 / 钢琴上的黑白左右手
- 027 / 跟在你身后的朋友
- 030 / 共同的秘密
- 033 / 悔恨的泪水
- 036 / 杰克的圣诞柚子
- 039 / 凯尔的故事
- 042 / 两个家庭
- 044 / 两个苹果
- 046 / 露丝的生日

美好的心灵不介意 / 050

美丽的谎言 / 053

棉袄与玫瑰 / 056

朋友 / 059

朋友：结伴而行的鱼 / 063

朋友应该做的事情 / 066

敲响生命 / 070

青草的气味 / 073

轻轻的一个吻 / 076

情愿代你去死 / 078

300美元的价值 / 080

三十年的知己 / 084

沙漠里的两个朋友 / 088

上好的一座仓房 / 090

生命的药方 / 093

生死跳伞 / 096

圣诞节的卡片 / 099

睡在我下铺的兄弟 / 102

她告诉我，哭没关系 / 106

- 109 / 汤姆的午餐
- 113 / 痛苦不痛苦
- 116 / 忘记邀请的朋友
- 120 / 我们学会了相处
- 123 / 谢了，朋友
- 127 / 信
- 130 / 兄弟……我就知道你会来
- 132 / 需要资金吗，今天？
- 135 / 选择
- 138 / 一个半朋友
- 140 / 真正的友谊
- 144 / 只是因为
- 147 / 只说一句话

爱中有天堂

文/崔浩

仅仅因为彼此喜欢和乐意,他们真心真意地想在一起。
风雨同舟的纯真友谊,就是天堂之爱。

两个小男孩是最好的小伙伴。在欢乐的童年时光,他们一起唱着歌曲长大。后来,两人一起进入了同一所小学,仍然形影不离。

那一天是个很普通的日子,他照样去找小伙伴一起上学,却发现小伙伴家家门紧闭,空无一人。听邻居说,小伙伴得了一种急病,已被家人送到了医院。他二话没说,背起书包就往医院跑,跑得筋疲力尽。他终于看到了躺在床上的小伙伴,小伙伴全身虚肿,痛苦不已。他问小伙伴还上不上学去,回答他的是不知所措的哭声。

他一个人去了学校。失去了小伙伴的他变得有些闷闷不乐。小伙伴

患的是一种无法直立行走的病。想到小伙伴因不能走路而失去了上学的机会,该有多么伤心和寂寞,他很替小伙伴感到惋惜和难过。

他终于做出了一个决定:每天背着小伙伴上学和放学回家,只为了与小伙伴在一起的欢乐和乐趣,只为了小伙伴能够上学并且开心。父母反对,因为怕他承担不起,更是怕影响他的学业。小伙伴的父母反对,因为他们承受不起,他们也担心会影响他的学习和生活。只有小伙伴高兴,两颗童心的碰撞简单而且纯粹,少了世俗与顾虑,仅仅因为他们喜欢和乐意,他们真心真意地想在一起。

他开始背着小伙伴迎来日出,送走晚霞。他拒绝了所有同学的帮助,用他瘦弱的身躯去背负因为患病而肥胖许多的小伙伴。小伙伴也拒绝让别的同学背,因为小伙伴认为,只有他的背更安全、更可靠、更值得信赖。

从小学到初中,无论风霜雨雪,他从未间断接送小伙伴的任务。几年里的路程,洒落多少汗水,他从未想过要求小伙伴家中为他做些什么,而小伙伴也从未向他表示过感谢,并且一如既往地做他最要好的朋友。

然而有一天,他得了白血病,急需许多钱和大量血液。小伙伴的父母起初也送了一些钱过来,但是后来不见病情好转,他的父母就不敢再

花钱了。小伙伴得知他需要输血时,毫不犹豫地把胳膊向前伸去,说:"把我的血输给他。他病好后还要再背我上学呢!"一句话说得他的父母大为惭愧,拿出了所有积蓄为他治病。

高尚的行为其实都很平常,平常到就如同两颗少年的心的碰撞,这样的喜欢和爱,就是我们一生为之不懈追寻的天堂之爱。而这样的天堂,就在我们的内心深处,就在我们被遗落的童年时代。天堂并不在遥不可及的天上,如果我们曾经用心,曾经毫无保留地去对一个人好,那么我们就会发现,身边有爱,爱中有天堂。

写作技巧 / Writing Skill

结尾抒情,点明题旨:在讲述了一个感人的友情故事后,文章以一段抒情性的文字结尾。这段饱含感情的文字不仅具有感染人的力量,而且升华了文章主题,读来耐人寻味。

爱的箴言 / Loving Speaking

有位诗人说:"友谊,是一把雨伞下的两个身影,是一张课桌上的两对明眸;是理想土壤中的小花,是宏伟乐章上的两个音符。" 朋友是漫漫人生路上的彼此相扶、相持,生命之树因为有了朋友的相伴而长青。

八年的承诺

文/佚名

八年前,她用稚嫩的声音许下一个承诺;八年中,她用自己的行动向朋友兑现着这个承诺。八年的承诺,承载的是沉甸甸的友情。

这是一份坚守了八年的承诺,维系它的是一个瘦弱的肩膀。

也许,上天在赋予张芹灵魂的一刹那,忘记了赐予她行走的能力。张芹来到这个世界不久,就染上了小儿麻痹,下肢无任何知觉。当张芹到了上学的年龄时,这个懂事的小姑娘把对外界的向往埋藏在了心里。于是,窗户成了她最喜欢的地方,只有透过玻璃,她才能认识外面的世界。

上天醒了,他看到了自己的疏忽对这个可怜的孩子的影响,于是,一位"天使"在张芹出生的第二年降临人世。看着这位坐在窗前的姐姐,孙园娜能感觉到她那双眼睛对自由的渴望。也许就是一刹那的触

动,"天使"记起了自己的责任。就在开学的时候,孙园娜跑到张芹家,稚嫩的声音震撼了所有人:"让张芹上学吧,我来背她!"

从那天起,孙园娜和张芹一起出村,一同回家。八年前的"誓言"一直持续到今天。

了解到张芹的情况,学校老师特意安排同学们分成小组,轮流负责护送张芹回家,但孙园娜始终没有忘掉自己的承诺,坚持每天陪着张芹。她对同学说:"我个子比你们高,先由我来背,累了再换你们。"所以,每天早晨上学、傍晚放学,背着张芹走在山路上的大多是孙园娜。弯曲的山路虽然没有陡坡峭壁,张芹的体重虽然很轻,但对一个未满十岁的孩子来说,这段路需要付出数倍的汗水。有时走一段路,几个人要走一个多小时,休息十几次……

一转眼两年过去了,张芹的父母找人做了一辆轮椅车,从此,孙园娜和小伙伴们有了"新助手",但山路的崎岖还是让孙园娜和小伙伴们

大吃苦头。最难熬的是冬天。出门时天色尚暗,路况难辨,轮椅车常常陷进沟里。几个人不得不前引后推,将车拉出。

小学六年很快过去了,张芹就要上初中了,而学校离家很远,需要住宿。张芹的父母又一次为女儿发愁了。就在这时,孙园娜又主动上门,对张芹的母亲说:"只要张芹想读书,我就会和张芹在一起。"

八年陪伴同伴上学的路上,孙园娜这位年仅十余岁的女孩,用她质朴而坚决的行动,捍卫了这份沉甸甸的承诺。

写作技巧 / Writing Skill

首尾呼应,结构完整、严谨:文章开篇写道"这是一份坚守了八年的承诺",在用实例印证完这句话之后,结尾再一次点出女孩用行动捍卫了这份八年的承诺。如此行文,前后关照,互相呼应,使文章具有一种完整、严谨之美。

爱的箴言 / Loving Speaking

诺言书写的是一份浓浓的同窗之情。同窗之情就是无私付出,就是相知相伴。求学的路上,因为有了这份深情厚谊而不再感到寂寞。

把金牌熔掉

文/郝冰艳

把金牌熔掉,你就会发挥出最好水平;
把金牌熔掉,你就会抛却狭隘的观念,将大爱施与人间。

这是发生在1936年柏林奥运会上的一件事。当时最有希望夺得跳远金牌的是美国黑人选手杰西·欧文斯。他是当时的一位田径天才,一年前,他曾跳出8.13米的好成绩。

预赛开始后,名叫卢茨·朗格的德国选手第一跳就跳出了8米的不俗成绩。卢茨·朗格的出色发挥使欧文斯很紧张。第一次试跳,欧文斯的脚超过起跳板几厘米,被判无效。第二次试跳还是如此。如果第三次仍然失败,他将被判出局,无缘决赛。可欧文斯显然还是无法使自己平静下来,只要他被淘汰,决赛中的冠军就非卢茨·朗格莫属了。可是卢

茨·朗格没有选择金牌，他选择的是友谊。他走过去拍了拍欧文斯的肩膀说："你闭上眼睛都能跳进决赛，你只要跳7.15米就能通过预赛。既然这样，你就根本不用踩上跳板再起跳——你为什么不在离跳板还有几厘米的地方做个记号，就在记号处开始起跳？这样，你无论如何也不会踩线了。"欧文斯照卢茨·朗格的话做了，轻松进入决赛。在决赛中，他发挥出应有的水平，夺得了冠军。夺冠后第一个上前向他祝贺的是卢茨·朗格。

后来，欧文斯在他的传记中深情地写道：把我所有的金牌熔掉也不能锻造我对卢茨·朗格的纯金友谊。而在我熔掉金牌之前，卢茨·朗格在心中早已把他的金牌熔掉了。

写作技巧 / Writing Skill

巧设悬念，增强文章吸引力：作者在文章开篇刻意交代杰西·欧文斯最有希望夺得金牌，但是接下来的叙述给人的感觉却是有可能会出现变数。这种写作方法，能抓住人们的好奇心理，吸引读者阅读。

爱的箴言 / Loving Speaking

面对金牌和友谊，卢茨·朗格毫不犹豫选择了友谊，那是因为友情是人与人之间的一种美好情感，它比金牌更珍贵，值得我们一生去追求。

把伤害留给自己

文/柯均

把伤害留给自己,你收获的是一份友谊;
以宽容之心对待他人,你将得到一个美好的世界。

第二次世界大战期间,一支部队在森林中与敌军相遇并发生激战。战斗结束后,两名战士与部队失去了联系。两人在森林中艰难跋涉,互相鼓励、安慰。十多天过去了,他们仍未与部队联系上,幸运的是他们打死了一只鹿,依靠鹿肉又可以艰难度过几日了。这一天,他们在森林里又遇到了敌人,经过又一场激战,他们巧妙地避开了敌人。就在他们自以为安全时,只听到一声枪响,走在前面的年轻战士中了一枪,幸亏是在肩膀上。后面的战友跑上前来,用颤抖的双手抱起战友的身体泪流不止,赶忙从自己的衬衣上撕下布条包扎战友的伤口。

事隔三十年，那位受伤的战士说："我知道谁开的那一枪，就是我的战友。他去年去世了。在他抱住我的时候，我碰到了他发热的枪管，但当晚我就原谅了他。我知道他想独吞我身上带的鹿肉活下去，但我也知道他活下来的目的是为了他的母亲。此后三十年，我装着根本不知道此事，也从不提及。战争太残酷了，他母亲没有等到他回来就走了，我和他一起祭奠了老人家。"

一个人，要学会容忍，把伤害留给自己，让世界少一些不幸，回归温馨、仁慈、友善与祥和，才是宽容的至高境界。

写作技巧 / Writing Skill

避免平铺直叙，增强可读性：明明是走在后面的战士打伤了前面的战士，但是作者并没有在故事中直接点明，而是通过受伤战士的回忆来揭开谜底，这样避免了平铺直叙，使文章曲折有致，富于变化，大大增强了文章的可读性。

爱的箴言 / Loving Speaking

与家人相处，需要宽容和体谅，朋友、同学相处，同样需要一颗宽容的心。凡事不斤斤计较，大度一些，多为别人着想，人与人之间的关系就能回归温馨、友善与祥和。

毕业的礼物

文/吴跃明

用一颗感恩的心，来报答同学们长久以来给予的点点关怀，这份礼物弥足珍贵。

四年寒窗，就要分别，不少人都在准备毕业的礼物送给同学。我发现只有林志默默地坐在一边。我知道他家里穷，没有钱买什么礼物送给同学。

看到他这样，我们就停止谈礼物的事。他见我们沉默了，就笑笑，说："我也要给大家一份礼物的。"我们劝他："没必要啊，有这份心意就行了。"他说："我是真心的。"

林志和我是一个寝室的。四年来，我们朝夕相处。因此，他的情况我比较清楚。每次开学的时候，他都会从家里带两罐子腌萝卜、腌咸菜来，不为别的，就为下饭。每天吃饭时，他只打白饭，然后就回寝室吃

他的腌咸菜。尽管如此,他还是节省着吃,尽量让腌咸菜吃得久一点。可再怎么节省也吃不了一学期呀。看到他吃白饭的时候,同学们都会自觉地资助一点饭菜票给他。我呢,因住在市内,时不时地会从家里带点鱼呀肉呀什么的,让他尝尝荤。星期天,我们住市内的同学也会轮流邀他到家里玩,其实也有让他改善伙食的意思。

冬天的时候,他穿着单薄,同学们会把自己家的衣服送给他,虽然都是旧的了,可大家知道,林志需要。可以说,四年来,班里的35名同学中,有34名帮助过他。

虽然家境贫寒,可林志学习很用功,在我们打牌、聊天、听音乐会或者谈恋爱的时间里,他不是在教室就是在图书馆。而且,他还会把自己点点滴滴的感受写成文字,寄到报社发表。他用得到的稿费来交学费或买书,我们也曾戏言过要他请客,但我们一次也没真要他请过。我们知道,每一笔稿费对他来说都很重要。

毕业典礼就在我们的教室举行,同学们互写赠言、互送礼物。四年里,虽然也有恩怨也有辛酸,可想到马上就要天各一方,再也没有这样相聚一起的时光了,心头都不免有些酸楚。

这时候,我发现林志不见了。林志呢?正当我们要寻找他时,他抱着一摞笔记本进来了。他往每人手里塞了一本。然后,他走上讲台,打开笔记本并举着说:"这是我四年来发表的作品,我精选了35篇出来。我发现,每个同学都给过我帮助,每个同学的关怀我都用笔记录了下来。我把它们复印并贴成了35本笔记本。大家给我的帮助我无以回报,但这些真挚的情感会一辈子留在我心里!"他深深地鞠躬,久久没抬起头来。等他抬起头时,我发现他已热泪盈眶。

我们都被感动了。我们当初的付出真的是微不足道,但我知道,因为有了这个特殊的礼物,我们之间的友情,变得更加珍贵了。

写作技巧 / Writing Skill

巧用插叙,结构错落有致:在讲到毕业前互送礼物时,作者笔锋一转,对林志家境贫寒、同学对其帮助、林志发表作品等进行补充叙述,最后文章又与林志的感恩表白相衔接,至此,文章水到渠成,浑然一体。

爱的箴言 / Loving Speaking

35本笔记本,记载的是爱与回馈的故事,年轻的心因为这份情而联系在一起。常言说,"滴水之恩,当涌泉相报",同学对我们的些许帮助,我们都应该铭记心间。常怀一颗感恩的心,你会收获更多的感动。

曾经同桌的你

文/三六

不要等到失去了才想起曾经拥有的幸福。
多一份宽容和体谅,才是朋友之间的相处之道。

猫眼是我新转学的同桌,至于为什么叫他猫眼,说实在的,我也不大清楚。或许他眼睛像猫眼,但看他长得敦敦实实的样子,我不觉又为自己的瞎想感到可笑。

猫眼很会关心人,我不会算的题,他总主动给我讲;跟他一组劳动,他几乎每次都把活独揽了。交猫眼这样的朋友,我还真有种幸福感。

最让我感动的是我生日的那天早晨,猫眼竟送我一个"大花猫",当然不是真的,是布做的玩偶。一份感动顿时涌上我的心头,从此,我把猫眼当成了最要好的异性朋友。

但后来的一件小事,改变了我的看法。一天,我和猫眼放学回家,正遇一匹惊马奔来,猫眼吓得抱头就跑,全然不管吓呆的我。若不是一位老大爷把我拽到道旁,保不准会发生什么事。猫眼过来找我时,我还未从惊骇中醒来。我一甩袖子,掉头就走。

回到家,我一屁股坐到床沿,头趴在了桌边,直到妈妈叫我吃饭,我依然转不过那股劲来。抬头时,"大花猫"正坐在冰箱上瞅我呢。我冲动地一把抓起它,扔出窗外……

从此,我不再理猫眼。再有不会的题,我宁愿问后面的王梅,也不愿理他。几次,我看出他的尴尬,但面对他的搭讪,我回以沉默。暑假前,猫眼轻轻地推过一张字条:能原谅我吗?我一直非常珍视我们的友谊!

一股酸酸的感觉涌上心头,但倔强的我,却装着满不在乎的样子,把字条顺窗扔出。后面传来王梅的呼唤,回头的一刻,我发现猫眼双眼晶亮晶亮的。瞬间,我有一种想哭的感觉。

假期,我没见到猫眼,感觉怪怪的……

开学了,我的同桌换了新同学,原来猫眼转学了。至于转到哪儿,没

人知道。直到这时,我才感到其实猫眼在我心中一直是一个忘不掉的名字。

于是我问王梅,他为什么叫猫眼。王梅说,一次,他被一个坏孩子打了个乌眼青,他竟没还一下手,同学们就开始叫他猫眼。

原来是这样,但现在我却找不到猫眼了。或许每个人都有自身的缺点和不足,但面对猫眼,我却再没给他机会。那天,我流泪了。

于是我把猫眼的本名告诉读者,如果有一天你们碰见一个叫许桓才的男孩,别忘了替我道声歉,其实在内心深处,我一直很在乎他——曾经同桌的你!

写作技巧 / Writing Skill

第一人称叙事,增强感染力:文章以第一人称叙述了我和"猫眼"由建立友谊、出现摩擦到失去友谊的过程,其间作者的感动、矛盾、追悔莫及等情感让读者感同身受,增强了文章的感染力。

爱的箴言 / Loving Speaking

朋友相处,要了解,要体贴,也要互谅。每个人都有自身的缺点和不足,不要因为朋友有一点小小的过错就紧抓不放,否则,你可能会失去朋友,自己也会后悔莫及。珍惜朋友之间的友谊吧,给友谊一个更宽松的空间。

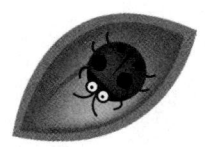

沉默是金

文/秦文君

在青春有爱的岁月里，
小小的善意不经意改变了脆弱的生命，无言的关怀胜过一切。

他念初三，隔着窄窄的过道，同排坐着一个女生，她的名字非常特别，叫冷月。冷月是个任性的女孩，白衣素裙，下巴抬得高高的，有点拒人千里。冷月轻易不同人交往，有一次他将书包甩上肩时动作过火了，把她漂亮的铅笔盒打落在地，她拧起眉毛望着不知所措的他，但终于抿着嘴没说一句不中听的话。

他对她的沉默心存感激。不久，冷月住院了，据说她患了肺炎。男生看着过道那边的空座位上的纸屑，悄悄地捡去扔了。男生的父亲是肿瘤医院的主治医生，有一天回来就问儿子认识不认识一个叫冷月的女

孩,还说她得了不治之症,连手术都无法做了,唯有等待,等待那最可怕的结局。

以后,男生每天都把冷月的座位擦拭一遍,但他没对任何人吐露这件事。

三个月后,冷月来上学了,仍是白衣素裙,脸色苍白。班里没有人知道真相,连冷月本人也以为诊断书仅仅写着肺炎。她患的是绝症,而她又是个忧郁脆弱的女孩,她的父母把她送回学校,是为了让她安然度过最后的日子。

男生变了,他常常主动与冷月说话,在她脸色格外苍白的时候为她倒来热水;在她偶尔唱一支歌时为她热烈鼓掌;还有一次,听说她生日,他买来贺卡动员全班同学在卡上签名。

大家议论纷纷,相互挤眉弄眼说他是冷月忠实的骑士,冷月得知后躲着他。可他一如既往,缄口为贵,没有向任何人吐露一点风声,因为那消息若是传到冷月耳里,准是杀伤力很大的一把利刃。

这期间,冷月高烧过几次,忽而住院,忽而来学校,但她的座位始

终被擦拭得一尘不染，大家渐渐已习惯了他对冷月异乎寻常的关切以及温情。

直到有一天，奇迹发生了。冷月体内的癌细胞突然找不到了，医生给她新开了痊愈的诊断，说是高烧在非常偶然的情况下会杀伤癌细胞，这种概率也许是十万分之一，纯属奇迹。这时，冷月才知道发生的一切，才知道邻桌的他竟是她的主治医生的儿子。

冷月给男生写了一张条子，只有六个字！谢谢你的沉默。男生没有回条子，他想起以前那件小事上她的沉默……

写作技巧 / Writing Skill

　　线索明确，一线到底：文章先是以女孩保持沉默起始，继而叙写男孩为女孩保守秘密，结尾处再次提到"沉默"。由此可见，"沉默"这一线索贯串全文，使得文章脉络清晰，中心思想明确。

爱的箴言 / Loving Speaking

　　适时的沉默折射的是一个人宽容的品性、善良的心灵。在与朋友相处时，也应该以宽容之心和善心相待。对朋友少一些苛求，及时给朋友一个台阶。这样，朋友会感激你的理解，而你们的友谊也会更加深厚。

穿着我的靴子回家吧

文/佚名

不是将自己的多余之物做施舍，
而是将自己的必需之物奉献给别人，这样的朋友让人温暖一生。

在我的记忆深处，珍藏着一双靴子。他铭刻着一个流浪汉的颠簸之苦，更深藏着一个陌生人的关怀之心。

那是在大萧条时期的一个冬天，当时20来岁的我独自在外乡闯荡了一阵子，一无所获的磨难使我心灰意懒，蜷缩在闷罐车里做着回家的梦。途经一个小镇，我下了车，希望能碰到一些好运，找到一个打工的机会。刺骨的寒风吹着，我被冻得直打冷战，脚上那双破靴子已有空隙，冰水毫不客气地渗入了我的靴子。冰冻的双脚疼痛难忍，我暗暗许下一个愿望：只要能攒下买一双靴子的钱，我就回家。

　　在山边的一个小屋,我碰到了一个流浪汉。双脚疼痛使我无法入睡。"你怎么了?"那个叫吉米的陌生人问我。"我的脚趾冻坏了,"我说,"我的靴子漏了。"

　　之后,他同我聊起了家和家人的经历……他的健谈缓解了我的疼痛,我在不知不觉中睡着了。

　　这个小镇并没有带给我们牛排。几个小时后,我们又登上了去堪萨斯州的列车。天气越来越冷,我不停地跺脚取暖。吉米关切地问我,家里还有什么人,我告诉他,还有一个妹妹和父亲——一个穷当当的农家。"我们回家吧,"吉米说,"不管怎样的家总还是家!我看我们还是回家吧。"

　　望着星空闪烁的黑夜,我似乎感到了家的温暖。"要是我能攒点钱买双靴子,也许就能够回家了。"

　　我在对家的怀念中睡着了。当我醒来时已是第二天了,左顾右盼没

穿着我的靴子回家吧

有找到吉米,可我感觉脚没往日那么冷。我穿的是吉米的靴子,他呢?旁边的人告诉我,别找了,吉米下车了。可他的靴子还在我这,我说。那人说,他下车前要我转告你,希望这双靴子陪你回家。

我怎么也不能相信,世上竟有这么好的好人。不是将自己的多余之物做施舍,而是将自己的必需之物奉献给别人,为了使他能有脸回家。我想象他穿着我的破靴子在冰雪里跋涉的情形,不禁热泪盈眶。许多年过去了,我和吉米无缘再见面,但在我心里他是我永远的朋友,而这双并不新的靴子则是我一生收到的最贵重的礼物。

写作技巧 / Writing Skill

　　用简洁的回忆导入法开篇:文章以回忆的方式开头,简单的几句话便交代了文章的主要内容,吸引着读者跟随作者的叙述,一同追忆那逝去的往事。

爱的箴言 / Loving Speaking

　　每个人都难免会有困顿的时期,而朋友就在此时凸显出他们的意义。饥渴时他会及时为你送来一碗水,寒冷时他会为你脱下他的靴子;他甘愿为你遮风挡寒,为你排忧解难,而不求回报。

钢琴上的黑白左右手

文/蒋光宇

谁说一只手不能弹奏钢琴？
当两只健全的手相遇，它们能弹出世上最美妙的乐曲，那是友情之歌、爱之歌。

1983年春天，玛格丽特·帕崔克走进"东南老人疗养中心"开始了她的疗养生活。

米丽·麦格修是疗养中心的一位细心的员工，当她向玛格丽特介绍疗养中心的基本情况的时候，她注意到玛格丽特盯着钢琴看的一瞬间，流露出异常痛苦的表情。

"怎么了？"米丽关切地问。

"没什么，"玛格丽特柔声说，"只是看到钢琴勾起了我的许多回忆……"米丽默默聆听眼前这位黑人钢琴演奏家谈起她过去辉煌的音乐

钢琴上的黑白左右手

生涯，不禁为玛格丽特残疾的右手深感惋惜。

"您稍等一下，我马上就回来。"米丽突然有所醒悟地说。过了一会儿她回来了，身后紧跟着一位娇小、白发、带着厚重眼镜的白人妇女。

"这位是玛格丽特，"米丽帮她们互相介绍，"这位是露丝，也曾经是优秀的钢琴演奏家，但现在跟您一样，自从中风后，就没办法弹琴。露丝太太有健全的右手，而玛格丽特太太有健全的左手，我有种预感，只要你们默契合作，一定可以弹出优美的作品。"

"您熟悉肖邦降D大调的华尔兹吗？"露丝客气地问。玛格丽特点点头："非常高兴能认识您，我们的确可以试一试。"

于是，两人并肩坐在钢琴前的长椅上。琴键上出现了两只健全的手，一只是黑色的手，另一只是白色的手。这黑白左右两只手，流畅、协调且有节奏感地在键盘上跳动。从那天起，她们就经常一起坐在钢琴前——露丝用健全的右手弹主旋律，玛格丽特用灵活的左手弹伴奏曲。

她们同坐在钢琴前，共享的东西不只是音乐，除肖邦、贝多芬和施特劳斯的音乐外，她们发现彼此的共通点比想象的多得多，若失去对方，她们独自演奏钢琴是根本不可能的。她们这样合作了好久，露丝与

玛格丽特互相深深地影响，是上帝的奇迹将她们结合在一起。

随着时间的推移，她们的演奏越来越完美。在电视上、在教堂里、在学校中、在老人之家、在康复中心……她们频频露面，备受欢迎，甚至超越了过去的辉煌。因为她们不仅让听众、观众感受到了音乐的快乐，更让听众、观众感受到了爱的力量……

当灾难降临的时候，只靠自己的力量可能无法摆脱厄运。玛格丽特和露丝的故事让我们懂得了，爱能使我们相互扶持，更能在这个世界上创造出伟大的奇迹！

写作技巧 / Writing Skill

详略得当，浓淡相宜：文章对露丝与玛格丽特的相识过程着墨较多，将与标题相对应的部分表现得相当充分，随后对二人的合作与成功则简略叙写。整体来看，素材剪裁得当，不枝不蔓。

爱的箴言 / Loving Speaking

在今天的社会，没有人能独自成功，无论你从事什么工作、处于什么样的环境，都需要朋友对你的支持。试着与他人进行交流、分享与合作吧，你不仅能获得友情，还能让生命焕发出新的活力。

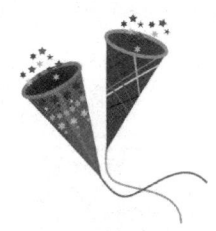

跟在你身后的朋友

文/佚名

默默地跟在你的身后,是为了给你想要的空间和宁静;
紧紧地跟在你的身后,是为了第一时间向你伸出援手。

瑞恩七岁时,有一个非常亲密的朋友,名叫迈克。瑞恩和迈克上了同一所男校,并且在同一个班。

迈克和瑞恩就是人们所说的那种"最要好的朋友"。因为那时他们都还小,他们从不谈论关于金钱、女孩、人际关系或生活中其他复杂的事情。他们住得很近,一同上学、放学,上学的时候待在一起,放了学还常常到彼此家里去玩。

一次,瑞恩在学校里因为学习上受了打击,情绪十分低落。他绕着操场一圈一圈地走着,而迈克就一直跟在他后面。他远远地跟着,以

免打扰到瑞恩,但又不会远到让瑞恩离开他的视线。而瑞恩却对此很恼火,他只想一个人待着。一时间,他变得非常激动,甚至还朝迈克喊道:"不用你管我!"但迈克只是静静地跟在他后面,自始至终都没有说一句话。

直到多年以后,差不多二十年过去了,瑞恩才开始懂得友谊的真正含义,而那天迈克为他做的一切正是友谊的佐证。瑞恩和迈克的生活都漂泊不定,每年难得见上几次面,即使见面,也是和一大群朋友在一起。但瑞恩仍然记得那段场景,仍然心存感激,每每忆及,总感觉心里暖暖的,鼻子酸酸的。

迈克让瑞恩懂得,真正的友谊不仅仅是在对方希望或者需要它出现时才出现。真正的朋友是,在他认为你会需要他的时候,他就总会在你身边,不论你肯不肯接受,愿不愿承认。就算你要把他赶走,他也总会待在你身边,只要他觉得他陪在你身边会对你有所帮助。但只要你不愿交谈,他就会一言不发,他会给你你想要的宁静,他也绝不会把他的想

法强加于你。

真正的朋友会像迈克那样，远远地跟在你身后，给你你想要的空间和宁静，但他永远离你很近，默默地注视着你以确定你很好，确定你不会做傻事，确定只要你需要他时，他就一直在你左右，在你摔倒时向你伸出手臂，在你流泪时帮你抹去泪水。

直到今天，瑞恩依然对迈克心存感激，而且，他会永远保存着这份感激之情。

写作技巧 / Writing Skill

以议论、抒情的表达方式升华主题：文章在记叙了瑞恩和迈克的友情故事后，附以两段抒情议论性的文字，不仅使得文章文采飞扬，而且升华了主题，深刻地为读者诠释了到底怎样的朋友才是真正的朋友，令读者既感动，又深受启发。

爱的箴言 / Loving Speaking

真正的朋友，是不管你什么时候想起，都会满怀感激，心中涌起一种温柔的那个人。真正的朋友，快乐着你的快乐，悲伤着你的悲伤。真正的朋友，不管何时，都与你如影相随。

共同的秘密

文/崔浩

一个人的早餐只是一顿早餐,十二个人的早餐就是一份爱。穿透十几年的岁月沧桑,闪亮的是十二颗金灿灿的爱心。

矿工下井时,由于遇到了井下事故,不幸遇难。因为矿工是临时工,所以矿上只发放了一笔抚恤金,便不再过问矿工的妻子和儿子以后的生活。

悲痛的妻子在丧夫之痛后面临的是来自生活上的压力,她无一技之长,只好收拾行装准备回到那个闭塞的小山村去。这时矿工的队长找到了她,告诉她说矿工们都不爱吃矿上食堂做的早饭,建议她在矿上支个摊儿,卖点早点,一定可以维持生计。矿工妻子想了一想,便点头答应了。

于是一辆平板车往矿上一支,馄饨摊儿就开张了,八毛钱一碗的馄

饨热气腾腾，开张第一天就一下来了十二个人。随着时间的推移，吃馄饨的人越来越多，最多时可达二三十人，而最少时从未少过十二个人，而且风霜雪雨，从不间断。

时间一长，许多矿工的妻子都发现自己的丈夫养成了一个雷打不动的习惯：每天下井之前必须吃上一碗馄饨。妻子们百般猜疑，甚至采用跟踪、质问等种种方法来探求究竟，结果均一无所获。有的妻子故意做好早饭给丈夫吃，却发现丈夫仍然去馄饨摊吃上一碗馄饨。妻子们百思不得其解。

直到有一天，队长因一场事故受了重伤，弥留之际，他对妻子说："我死之后，你一定要接替我每天去吃一碗馄饨，这是我们队十二个兄弟的约定，自己的兄弟死了，他的老婆孩子，咱们不帮谁帮。"

从此以后每天的早晨，在众多吃馄饨的人群中，又多了一个女人的身影。来去匆匆的人流不断，而时光变幻之间唯一不变的是不多不少的十二个人。

时光飞逝，当年矿工的儿子已长大成人，而他饱经苦难的母亲也已

两鬓斑白,却依然用真诚的微笑面对着每一位前来吃馄饨的人,那是发自内心的真诚与善良。

更重要的是,前来光临馄饨摊儿的人,尽管年轻的代替了年老的,女人代替了男人,但从未少过十二个人。穿透十几年岁月沧桑,依然闪亮的是十二颗金灿灿的爱心。

有一种承诺可以抵达永远,而用爱心塑造的承诺,可穿越尘世间最昂贵的时光。十二个共同的秘密其实只有一个秘密:爱可以永恒。

写作技巧 / Writing Skill

叙述抒情相结合,立意深刻:文章完整叙述了矿工及其家属帮助遇难矿友一家度过生活难关的故事。在结尾处以一段抒情性的文字总结全文,点明了文章主旨,立意深刻,发人深思。

爱的箴言 / Loving Speaking

有的爱并不轰轰烈烈,但它却如涓涓细流,在流淌中跳跃着爱的音符。在你遇到困难时,朋友会尽自己的所能,以自己的微薄之力来帮助你,年年月月,永不停息。拥有这样的朋友,是你一生的福气。

悔恨的泪水

文/佚名

真朋友是无言的牺牲,无悔的付出。
善待朋友,珍惜友谊,不给自己留下遗憾。

山姆和杰森是一对形影不离的好朋友。一天,他们在前往波士顿的途中发生了车祸。第二天早晨,杰森苏醒过来,但他失明了。

伯克利医生站在山姆的床边查看病历和用药情况,一副若有所思的样子。这时山姆醒了过来,医生微笑着问他:"你今天感觉怎么样?"山姆竭力让自己表现得勇敢,也微笑着回答:"好极了,医生。我很感谢您为我做的一切。"伯克利医生深受感动,他只能对山姆说:"你是个很勇敢的人。上帝会用某种方式补偿你的。"

伯克利正要去诊视下一个病人,山姆叫住了他。他以近乎乞求的

语气说:"答应我,您什么也不会告诉杰森。""你知道我不会告诉他的。相信我。"医生说完便离开了。

"谢谢。"山姆轻声说。他微笑着,仰望上方,开始祈祷……

几个月后,杰森差不多康复了,他却疏远了山姆。因为他不想和一个残疾人在一起,这让他感到沮丧和难堪。

山姆在孤独寂寞中失去了勇气,除了杰森,他没有任何可以信赖、依靠的人。山姆的生活每况愈下,直到有一天,他在绝望中死去。杰森受邀去参加葬礼。在葬礼上,伯克利医生交给他一封信。医生面无表情地说:"这是给你的,杰森。山姆曾经叫我在他死后把信交给你。"

山姆在信中写道:"亲爱的杰森,我曾经承诺过,如果我发生了什么事,就把自己的眼睛捐给你。我终于实现了自己的承诺。如今,你能够通过我的眼睛来感受世界,我也没有什么要向上帝乞求的了。你永远是我最好的朋友……山姆。"

见杰森看完了信,伯克利医生说:"山姆为你做出了牺牲,我曾经

答应过为他保守这个秘密。但是现在我希望我没有遵守承诺，因为我觉得他的牺牲不值得。"

杰森呆立在原地。他的余生只剩悔恨的泪水和过去与山姆在一起的回忆。

无论世事如何变幻，我们要自始至终坚守在朋友身边。没有了朋友，生命毫无意义。

写作技巧 / Writing Skill

巧埋伏笔使文章波澜起伏：文章开篇不久写到山姆要求伯克利为他保守秘密，至于是什么秘密作者避而不谈，此后情节继续发展，直到最后作者才揭开谜底——山姆把自己的眼睛捐给了杰森。这样的结局震撼人心，令人感慨。

爱的箴言 / Loving Speaking

天冷时，朋友为你带来一双手套；饥饿时，朋友将食物分你一半；郁闷时，朋友送上贴心的安慰。对于这些关怀，你都意识到了吗？愿我们都有一颗感恩的心，感谢朋友为我们做的一切，感谢他们陪我们度过的那些美好的岁月。

杰克的圣诞柚子

文/劳拉·马丁布罗 [美]

艰苦岁月里的分享,传递的是关怀与安慰;
有朋友相伴的日子,心情的天空从此不再飘雨。

九岁的杰克长着一头褐色头发和一双天使般明亮的蓝眼睛。杰克从记事开始就一直住在一所孤儿院里。那里有十个孩子,杰克是其中之一。

孤儿院里的食物很少,所以孩子们平时总是饥一顿饱一顿的,但是每到圣诞节来临的时候,那里总是有比平时多一点的食物可以吃,最重要的是,这个时候,有圣诞节的柚子!

圣诞节是一年中唯一一个提供精美食品的时候,每一个孩子都把圣诞节的柚子当做珍宝一样看待。他们用手抚摸着它,感觉着它那又光滑又凉爽的表面,一边赞美它,一边慢慢地享受着它那酸甜的汁水。因此

杰克的圣诞柚子

可以想象,当杰克收到他的礼物时,他将会多么喜悦!

可是,在圣诞节的前一天,杰克不小心在新铺的地毯上留下了一串泥脚印,而他自己一点都不知道。惩罚的内容出人意料的无情,杰克将得不到他的圣诞柚子!这是他从他所居住的这个冷酷世界里能够得到的唯一一份礼物。但是,在盼望圣诞柚子整整一年后,他却得不到了。

杰克含着眼泪恳求原谅,并且许诺以后再也不会把泥土带进孤儿院,但是没有用。那天夜里,杰克趴在枕头上哭了整整一夜。

圣诞节那天,他感觉内心空虚且孤独。他觉得别的孩子不希望和他在一起。也许,他猜想,他们害怕他会请求分一点柚子给他。整整一天,杰克一直呆在楼上冰凉的卧室里,像只受冻的小狗一样蜷缩在唯一的毯子底下,可怜地读着关于一个家庭被放逐到荒岛上的故事。只要拥有一个真正关心他的家庭,他并不介意余生在一个荒岛上度过。

睡觉的时间到了,杰克却怎么也睡不着。他在地板上跪下来,轻轻地呜咽着,祈求上帝为他结束一切苦难。当他从地板上站起来,爬回到

他的床上时,一只柔软的手摸了摸他的肩膀。接着,一个东西被轻轻地放在他手上。然后,给他东西的那个人什么也没说就离开了。杰克把那个东西举到眼前,就着昏暗的灯光,看到它好像是只柚子!不过,它不是一只形状规则的普通柚子,而是一只非常特殊的柚子——用柚皮碎片拼接在一起的柚子皮里,包着九片大小不一的柚子瓣儿。那是孤儿院里的其他九个孩子从他们自己珍贵的几瓣柚子中每人捐出了一瓣,组成的一只完整的、送给杰克做圣诞礼物的柚子!那一刻,杰克泪如雨下。那是他收到的最美丽也是最美味的一只圣诞柚子!

写作技巧 / Writing Skill

　　细节刻画,增强感染力:"杰克含着眼泪恳求原谅"、"杰克趴在枕头上哭了整整一夜"、杰克"像只受冻的小狗一样蜷缩在唯一的毯子底下"、"一只柔软的手摸了摸他的肩膀",这些细致的动作描写,增强了文章的感染力,读后让人唏嘘不已。

爱的箴言 / Loving Speaking

　　也许你以为你的朋友对你漠不关心,事实上,他可能一直在注视着你的一颦一笑。你开心,他会陪着你开心大笑;你悲伤,他会及时送上安慰。朋友就是这样一种可以与你分享乐与悲的人。

凯尔的故事

文/佚名

也许只是一个浅浅的微笑,一句温暖的话语,一个热情的拥抱,你就可以改变一个人的生活。

上初一的时候,有一天,我看见同学凯尔从学校步行回家。他像是要把所有的书都搬回家。他正走着,突然一帮孩子冲他跑过去,将他撞了个人仰马翻。书散了一地,他跌了一身土,眼镜也撞飞了。他抬起头,眼里充满了悲伤。

我朝着他小跑过去。我把眼镜捡起来递给他,安慰他说:"这帮家伙真有病!无聊就去找点儿别的事儿干嘛!"他看着我说:"谢谢!"脸上露出真诚的感激的微笑。我帮他捡起地上的书,问他住在哪儿,没想到他竟然住得离我很近,于是我又问他为什么以前没有见过他。他说

之前他都在私立学校上学。一路上我帮他抱着书,边走边聊。我发现他其实是个很有趣的家伙。我邀请他周六和我的朋友们一起踢球,他爽快地答应了。

那个周末我们一直在一起玩,对他了解越深,我就越喜欢他。周一早上,我见他又抱着一大摞书来学校,我对他说:"凯尔,你真打算靠天天搬书来练肌肉啊?"他笑了笑,把书分给我一半抱着。

接下来的四年里,我和凯尔成了最要好的朋友。到了高中,我们都开始考虑上大学了。凯尔决定上乔治敦大学,而我打算上杜克大学。我知道我们永远都会是朋友,距离不会成为我们之间的阻碍。

毕业那天,凯尔要代表我们班做毕业致辞。他长得比以前更壮了,戴着副眼镜,看上去帅帅的。他约会的次数比我多,所有的女孩儿都很喜欢他。有时我挺嫉妒他的,就像今天。要上台演讲了,看得出他挺紧张的。我拍了拍他的背说:"嘿,大帅哥,你会很棒的!"

他感激地望了我一眼,笑笑说:"谢谢。"

开始演讲了,他清了清嗓子,说:"毕业之时,我们应该感谢那些曾帮助我们走出困境的人。我们的父母、老师、兄弟姐妹或是教练……但更多的,是我们的朋友。我站在这里,是想告诉你们,友情是一个人所能给予他人的最好礼物。我给你们讲一个故事吧。"我半信半疑地望着他,听他讲述我们初次见面时发生的事。他原本打算那个周末自杀。他讲述着他如何清理自己的储物柜,以便他妈妈不用在他去世之后帮他整理,而后他又如何把他所有的东西搬回家。他定定地看着我,对我微微一笑:"幸亏,我得救了。是我的朋友拯救了我,我才没有做傻事。"

写作技巧 / Writing Skill

详略得当,结构紧凑:文章详细叙述了我和凯尔的相识过程以及凯尔的演讲,其间二人的交往一笔带过,而演讲的内容又与开篇二人的相识过程有所关联,这样有详有略的处理使得文章重点突出,结构紧凑。

爱的箴言 / Loving Speaking

青春的心灵有时候很敏感,也很脆弱,这时,尤其渴望别人的理解和关怀。当朋友身处情绪的低谷时,给朋友一个肩膀,耐心地听他倾诉,并给予他鼓励,这时你便成了他最可信赖的人,而你们的友情又会更进一步。

两个家庭

文/戴妮·雷厄 [美]

有种关爱，不必言说，但它会以行动来证明。
不用你多说什么，朋友会为你摆平一切。

在本世纪初，一个由日本移居到旧金山的家庭开创了一项种植玫瑰的产业。另一个家庭是从苏格兰迁来的，他们家也出售玫瑰花。两个家庭都是依靠诚信获得成功的，他们的玫瑰在旧金山市场上很受欢迎。

在几乎40年的时间里，两个家庭相邻而居。1941年12月7日，日本人轰炸了夏威夷群岛，尽管日本人家庭中的其他成员都已经是美国人了，但是父亲未加入美国国籍。在被拘审的期间，他的邻居明确告诉他们，如果有必要，他会照顾他们的苗圃。

不久，日本人家庭被流放到科罗拉多州格林那达的贫瘠的土地上。

几年过去了，欧洲的战争结束了。日本人家庭告别了拘禁生涯，坐上火车，他们可以回家了。

他们将看到什么呢？日本人家庭成员在火车站与他们的老朋友相遇了，当他们回到他们的家，一家人全惊呆了，苗圃完整、清新，在阳光下熠熠生辉——满园是繁茂而长势良好的玫瑰。银行存折被交到日本人家庭的父亲手中，房间也被收拾得像苗圃一样干净和整齐。

在会客厅的桌子上有一枝极红艳的玫瑰蓓蕾，含苞待放——一个邻居给另一个邻居的礼物。

写作技巧 / Writing Skill

巧妙结尾，动人心弦：有人说："好的结尾，有如咀嚼干果，品尝香茗，令人回味再三。"本文在不动声色地记叙了两个以种植玫瑰为生的家庭的友谊故事后，以一枝含苞待放的玫瑰收束全文，这是感情积蓄到最后的迸发，读后令人感动不已。

爱的箴言 / Loving Speaking

赠人玫瑰，手有余香。当一个家庭向另一个家庭赠予了整个玫瑰园，他们将会收获怎样的芬芳？爱你所有的邻人就像爱你自己，爱你所有的朋友就像爱你自己，若此，你们的友情之花定会灿烂如玫瑰。

两个苹果

文/佚名

荒凉的沙漠上可以看到骆驼的耐力,患难的经历中可以看到友谊的忠诚!有的友情的确牢不可破。

从前有两个情同手足、生死与共的朋友,可上帝不相信人世间会有这样一份牢不可破的友情,便设计考验他们。

有一次,这两个人在穿过一片沙漠时,水尽粮绝,已临近死亡的边缘。这时上帝在梦中指点他们说:"前方有一棵果树,上面长了两个苹果,一大一小,吃了小的只能解燃眉之急,吃了大的才可以给你足够的力量走出沙漠,远离死神。"

两个朋友同时醒来,都让对方吃那个大的苹果,自己坚持吃小的。争执到最后,谁也没有说服谁,两个人都在极度的劳累中迷迷糊糊

地睡着了。

第二天天刚亮，其中一人醒来后发现他的朋友不见了，他疑惑地朝前方的果树走去，果然，果树上只剩下一个小小的苹果。朋友的绝情使他心灰意冷……

他拿着那个小果子继续在沙漠中艰难地走着，走出没多远，他看见他的朋友晕倒在地上。他毫不犹豫地跑了过去，小心地将朋友轻轻抱起。这时他惊异地发现，朋友手中紧紧地攥着一个苹果——这个苹果比他手中的小了整整一圈……

写作技巧 / Writing Skill

短小精悍，含义深刻：好的故事、大的道理不一定非要长篇大论，在有限的篇幅内，将精华的部分讲清楚、讲明白，做到重点突出，思想集中，同样能造就一篇美文。

爱的箴言 / Loving Speaking

人世间真有这种朋友，他会与你情同手足、生死与共，在你遇到危难时，他一定第一个挺身而出。如果你已拥有这样的朋友，那就珍惜你们之间的友谊吧。人生能得到这样的朋友，夫复何求？

露丝的生日

文/佚名

善良是最为朴素的美,你的一点点善心和关爱,都会给他人带来意想不到的幸福,而你也会从中得到快乐。

我永远也不会忘记妈妈让我去参加一个生日宴会的那一天。那时候,我读三年级,一天,我带回家一份粘有些许花生油的请帖。

"我不打算去,"我说,"她是新来的一个女孩,名叫露丝,伯尼斯和帕特也不打算去。她邀请了我们全班的同学。"

妈妈仔细地端详着那份手工制作的请帖,神情有些忧伤。她说:"你应该去,明天我去给你挑选一件礼品。"

我坚决表示不去,但即使是歇斯底里也动摇不了妈妈。

星期六那一天到来了,一大早妈妈就把我从床上催了起来,并让我

把一个漂亮的红色化妆盒包好。

她用她那辆黄白色汽车把我送了过去。露丝开了门,示意我跟着她走上一段我所见过的最陡峭、也是最让人惊恐的楼梯。

进门之后,我才感到有一种极大的解脱,客厅内的阳光十分充足,硬木地板在阳光照耀下闪闪发光。屋子里的家具陈旧而又显得特别的拥挤,家具的背面和扶手上还覆盖着白布垫。

桌子的上面摆着一块我所见过的最大的蛋糕,上面装饰着9根粉红色的蜡烛,一个印刷草率的"露丝生日快乐"的印牌和一些我想大约是玫瑰的花蕊图案。

在蛋糕的旁边,摆着36个盛冰淇淋的纸杯,里面装着家庭制作的牛奶软糖,每个杯子上还都写着一个名字。

"你妈妈呢?"我问露丝。

她低着头看着地板,说:"唉,她有些不大舒服。"

"噢,你爸爸呢?"

"他已经去世了。"

接下来是一阵沉寂,只有几声沙哑的咳嗽从一扇关着的门后传出。过了近15分钟……接着又是10多分钟。突然间,一个可怕的念头闯入我的脑海:再没有人会来了。我怎么能离开这儿呢?正当我陷入对自己同情的时候,我听到一阵捂住嘴巴的抽泣声。我抬起头,看到了露丝那张被泪水划出一道道泪痕的脸。顷刻间,我的年仅8岁的幼小心灵被对露丝的同情所淹没了,同时充满了对我们班其他34个自私的同学的愤怒之情。

我踮起穿着白色皮鞋的双脚,用尽量大的声音宣告:"谁需要他们!"

露丝吃惊地看着我,渐渐地变成欣喜的赞同。

这里有我们——两个小女孩和1个大蛋糕、36个装着糖果的冰淇淋杯子、冰淇淋,几加仑饮料,3打宴会赠品,要玩的游戏和胜利者的奖品。

我们从蛋糕开始,却找不到火柴。露丝(她已不再是简单的露丝了)不愿去打扰她妈妈,所以我们只是假装点着了蜡烛。露丝许了一个

露丝的生日

愿,开始吹灭那些想象中的火苗,我在旁边唱着"生日快乐"歌。

一转眼就到了中午。妈妈在外面按汽车喇叭。我赶紧收拾起所有的东西,再次感谢了露丝,向汽车飞跑过去。我的心里禁不住激动起来。

"我赢了所有的游戏!对了,其实,露丝赢了往驴子尾巴上别图钉的游戏,只是她说,过生日的女孩赢是不公平的,所以她把奖品给了我。我是唯一去那里的一个。我简直有些等不及了,我要告诉他们每一个人,他们错过了一个多么盛大的宴会呀!"

妈妈把车开到了路边上,停了下来。她紧紧地抱住我,眼睛里充满了泪水。她说:"我为你感到骄傲!"

写作技巧 / Writing Skill

　　线索明确,语言流畅:文章用流畅的语言记叙了我为同学过生日这件事,围绕这个中心,故事由妈妈劝说、我为同学过生日、妈妈接我回家等几个片段连缀而成,线索非常明确。

爱的箴言 / Loving Speaking

　　培根说:"缺少真正的朋友乃是最纯粹最可怜的孤独,没有友谊则斯世不过是一片荒野。"每个人都渴望友谊,都希望找到懂得自己、可以无话不谈的朋友。只要你伸出友谊之手,给别人以温暖与关爱,友谊之花定会处处盛开。

美好的心灵不介意

文/玛丽·芭特斯·布雷 [美]

身体是灵魂寄存的载体,不管居于怎样的皮囊,美好的心灵都会由内而外散发出人性的魅力。

我们家位于一家医院对面。我们把楼上的房间出租给来医院就诊的病人,楼下的则自己居住。

一个夏日的傍晚,我正忙着准备晚餐。突然,门铃响了,一位瘦小的驼背老人站在门外,他的脸红肿而严重不对称,看起来有些可怕。然而,他的声音却和蔼友善,他说:"晚上好,太太。您这里有房间出租吗?我从东海岸来到这里的医院求医,回去的汽车明早才有。我从中午就开始找住的地方,可是没人接纳我。我猜都是因为我的脸。不过医生说,它会好起来的。"

美好的心灵不介意

　　说实话，那张可怕的脸让我有些犹豫不决，但是老人的诚恳最终打动了我。晚饭做好了，我们邀请老人一起进餐。"不了，谢谢你们的好意，我自己有食物。"老人笑着向我们摇了摇手中的纸袋。

　　晚饭后，我和老人聊了一会儿。我了解到，老人以捕鱼为生，养活着女儿一家七口。女婿因伤丧失了劳动能力。言谈之间，老人没有丝毫的怨天尤人。他本人患了一种皮肤癌，他为这病没有伴随疼痛而感到欣慰。

　　第二天临别之际，老人吞吞吐吐地说："下次我来看病，还能住你们这里吗？我不会给你们添很多麻烦的。"我们表示欢迎他下次再来。

　　第二次，老人大约在早上7点钟就来到了我们家。他还带来了一条大鱼和一筐牡蛎作为礼物。

　　以后，老人经常来我们家过夜，每次他都会带给我们新鲜的鱼、牡蛎或者自家产的蔬菜。有时，我们还会收到他邮寄来的包裹。那是些盒装的鱼、牡蛎以及新鲜的菠菜和甘蓝，蔬菜的每片叶子都经过了细心的清洗。为了邮寄，他要走3英里的路……这些礼物代表着多么诚挚的情谊！

　　每当我收到这样的包裹，总会想起老人第一次离开我们家，邻居露茜发出的感慨："你怎么收留了长相那么可怕的老头？他刚来到我们

家，我就把他打发走了！要知道，他会吓跑其他房客的。"

是的，也许我们会因此失去一两个房客，但我们全家都为认识他而高兴。从他那里，我们学会了一种宝贵的生活态度——无论你遇到怎样的不幸，都应该学会坦然接受。

后来在参观一位朋友家的暖房植物时，我看到了这样的一幕：所有花卉中最美的金菊花，竟然生长在锈迹斑驳的铁桶里。

我不禁笑了起来，因为我想到了那个老人。那是一个如此美好的心灵，他不会介意屈居于一个瘦小的身体里的。

写作技巧 / Writing Skill

托物言志，升华主题：在篇末，作者用生长在锈迹斑驳的铁桶里的金菊花来比喻外貌怪异但心灵美好的老人，借助于这个具体之"物"，将主题表达得更巧妙、更完美、更充分、更富有感染力。

爱的箴言 / Loving Speaking

朋友不仅会给我们物质上的帮助，而且他们的生活态度也在潜移默化地影响着我们。一个真诚友善的朋友会让我们体会到友情的美妙、生活的美好，一个乐观向上的朋友会成为我们的榜样，鼓励我们勇敢面对生活。

美丽的谎言

文/王伶俐

真正的朋友不把友谊挂在口上,
他们并不为了友谊而互相要求点什么,而是彼此为对方做一切办得到的事。

高三那年,好友相聚话别,真是"草草杯盘共笑语,昏昏灯火话平生"。说不完的豪言壮语,道不尽的离愁别绪。曾经年少轻狂的我们,那一刻笑得好开心,竟掉下了泪……我们约定了种种联系和相聚的方式。好友恒建议元旦时不互寄贺卡,以显示我们与世俗的差别。我听后把头埋得很深,沉默不语。这一直是我最不愿谈及的话题。

自从老爸因车祸花去了大笔的药费,我和妹妹的学费便成为母亲沉重的负担。此后,每逢元旦前夕的那些日子,我都感到度日如年,纵使节衣缩食,单是买贺卡的那笔不大不小的开支,就足以令我"愁肠百

结"。可是自己又偏生在一个重视"礼尚往来"的社会,因此那些日子,我总是谈"卡"色变。而今,贺卡的档次也是突飞猛进,更是令人"可远观而不可亵玩焉"。

恒说完后,大家纷纷发言,各抒己见。慧慷慨陈词:"我赞同恒的意见,我们就要成为大学生了,应有自己最独特的方式,这些天真、幼稚甚至是俗气的形式主义,我们应该摒弃。"

之后,其他人也发表了意见,最后一致通过了元旦不寄贺卡的决定。我如释重负地松了口气,暗自庆幸我的这些朋友居然无意中替我解决了一大难题。那天,我们洒泪分别后,便天各一方了。

时间飞逝,转眼佳节将至,想起当初的约定,看着街上形状各异的贺卡,心中倒也轻松自如。圣诞节前,大学的室友们便陆续收到朋友们寄来的贺卡。看着她们兴高采烈的样子,我心中有种怅然若失的感觉。为什么在这个热闹的季节里,单把我一人留在这个被遗忘的清冷角落?

今天已经是元旦了,室友们都出去玩儿了。我独自坐在阳台上,呆呆地望着远方,心如乱麻。猛然间,我的第六感觉告诉我有人在叫我,回过头,生活委员把一摞厚厚的信放到我的手里,说了声:"新年快

美丽的谎言

乐！"我愣住了，一脸的茫然，继而是阵狂喜。我迅速拆开信封，看着上面熟悉的字体、幽默的话语、亲切的问候，我说不出话来。每拆开一封信，就有一股温馨的气息扑面而来，眼前就会浮现出一张张熟悉的笑脸……我的手颤抖着，竟无语凝噎。仔细看看信封上的邮戳，竟然是同一天，他们计算着刚好让我在元旦这天收到，让我自处"绝境"，不留丝毫"礼尚往来"的回旋余地。霎那间，我明白了当初的约定……

我泪流满面地笑了。其实从约定的那一天起，我就应该明白这本是一个美丽的谎言，那时我实在是太"聪明"了。

忽然我想起了一句诗：眼中有泪，心中才有彩虹……

写作技巧 / Writing Skill

引用名句使文章锦上添花："草草杯盘共笑语，昏昏灯火话平生"、"可远观而不可亵玩焉"、"竟无语凝噎"，文章多处借用名句，平添几分文学气息。

爱的箴言 / Loving Speaking

人生不能没有朋友，但真正的朋友却并非随处可见。真正的朋友，在你困难的时候，不会对你施加任何压力；在你不幸的时候，不会对你袖手旁观；他们快乐着你的快乐，悲伤着你的悲伤。请珍惜这份珍贵的友谊！

棉袄与玫瑰

文/杰瑞·沃曼 [美]

娇艳的玫瑰,一闪一闪的是晶莹的水滴。
清贫的生活有了玫瑰与爱心的装点,显得格外温馨和幸福。

在小镇最阴湿寒冷的街角,住着约翰和妻子珍妮。约翰在铁路局干一份扳道工兼维修的活,又苦又累;珍妮在做家务之余就去附近的花市做点杂活,以补贴家用。生活是清贫的,但他们是相爱的一对。

冬天的一个傍晚,小两口正在吃晚饭,突然响起了敲门声。珍妮打开门,门外站着一个冻僵了似的老头,手里提着一个菜篮。

"夫人,我今天刚搬到这儿,就住在对街。您需要一些菜吗?"老人的目光落在珍妮的缀着补丁的围裙上,神情有些黯然了。

"要啊,"珍妮微笑着递过几个便士,"胡萝卜很新鲜呢。"

老人浑浊的声音里又有了几分激动。"谢谢您了。"

关上门,珍妮轻轻地对丈夫说:"当年我爸爸也是这样挣钱养家的。"

第二天,小镇上下了很大的雪。傍晚的时候,珍妮提着一罐热汤,踏过厚厚的积雪,敲开了对街的房门。

两家很快结成了好邻居。每天傍晚,当约翰家的木门响起卖菜老人笃笃的敲门声时,珍妮就会捧着一碗热汤从厨房里迎出来。

圣诞节快来时,珍妮和丈夫商量着从开支中省出一部分来,给老人置件棉衣:"他穿得太单薄了,这么大的年纪每天出去挨冻,怎么受得了?"约翰点头默许了。

珍妮终于在平安夜的前一天把棉衣赶成了,铺着厚厚的棉絮,针脚密密的。平安夜那天,珍妮还特意从花店带回一枝处理玫瑰,插在放棉衣的纸袋里。她趁着老人出门卖菜,放到了他家门口。

两个小时后,约翰家的木门响起了熟悉的笃笃声,珍妮一边说着圣

诞快乐一边快乐地打开门，然而，这回老人却没有提着菜篮子。

"嗨，珍妮，"老人兴奋得微微摇晃着身体，"圣诞快乐！平时总是受你们的帮助，今天我终于可以送你们礼物了。"老人说着，从身后拿出一个大纸袋，"不知哪个好心人送到我家门口的，是件很不错的棉衣呢。我这把老骨头冻惯了，送给约翰穿吧，他上夜班用得着。还有，"老人略带羞涩地把一支玫瑰递到珍妮面前，"这个给你，也是插在这纸袋里的，我淋了些水，它美得像你一样。"

娇艳的玫瑰上，一闪一闪的是晶莹的水滴。

写作技巧 / Writing Skill

细腻的对话描写，颇具感染力：行文看似波澜不惊，但所有的情感全部深藏于字里行间。尤其是细腻的对话描写，推动了情节向前发展，细细品味更给人一种震撼心灵般的效果，意味深长。

爱的箴言 / Loving Speaking

一朵娇艳的玫瑰，一件厚厚的棉袄，一个爱与感恩的故事，一份人世间最温暖的真情。珍妮播种了爱的种子，老人用感恩回馈了珍妮爱的花园。不管多么清贫，有了爱与感恩的支撑，生活必不寂寞。请感恩朋友吧！你必收获更多的回报。

朋 友

文/佚名

沧海桑田，时过境迁，
但那份浓浓的友情不会变，那些美好时光永记你我心间。

桌子上摆着两杯咖啡，袅袅地冒着热气。

"噢！天哪！杰克，真的是你吗？实在太难以置信了！"一个穿着黑色西服的男人对着另一个男人喊道，"我太幸运了！竟然能在这儿遇到老朋友！咱们得有十二年没见了吧？"

"是的，威尔。"坐在他对面的男人点点头。他的脸红了，看起来有些紧张。因为这次的偶遇，他的心还在狂跳不止。他当时正跟在一位女士后面。那位女士刚从一家餐馆里走出来，胳膊下夹着个手提包。就在她一条腿刚跨上出租车的时候，他悄悄地把手伸过去。这时，有人

轻轻地拍他的肩膀。"你是杰克吗？"一个穿着黑色西服的男人大声喊道，手里还拿着个公文包。他正要发作，一转头，便犹豫着回忆起来。过了一会儿，他结结巴巴地问道："是威……威尔吗？"他的脸热得发烫。

"时间过得真快啊！"威尔笑道，"这真是个奇迹！我们竟然还能见面！这么多年过去了，我竟然还能认出你来！不是吗？"

"是啊，确实不简单。"杰克小声说道，语气有些不自然，"那时候我们都很小，还不知道什么是生活。"

"是吗？有时候我却希望我们能够永远活在那个时候。无忧无虑，可以尽情地玩耍。"威尔托着下巴，开始沉思。他说："那样的日子真美。我们一起捉迷藏、钓鱼。在回来的路上，我们经常从汤姆叔叔的果园里摘好多果子。现在想想，该算是'偷'了。"威尔一直谈论着过去。

是啊！他们那时候多么快乐！杰克陷入了回忆，回忆他们的童年时光。从汤姆叔叔的果园里偷果子真是惊险刺激的经历。他们跳进果园里，丝毫不害怕被责骂。通常威尔会爬上树去，而他就在树下等着。刚摘下的新鲜果子多好吃啊！想着想着，他不禁露出了微笑。

"你知道自从你搬走了，我有多想你吗！"威尔问道。他的声音那么真诚，眼里闪烁着光芒。

"我也一样!"杰克的眼睛垂下来,回想起了痛苦的时光。他随父母搬到了一个很远的城市。不久,他的妈妈遭遇车祸身亡。自那以后,痛苦如影随形。如今,他再一次为自己感到羞愧,不敢抬起头来看威尔。

"我还记得我们那时是如何谈论未来的。你说你要在全国最大的河边钓鱼,而我要在河边开出一块地来,种果树。还记得吗?"威尔说道。

杰克的脑海里浮现出另一个画面。一天,在玩"警察和小偷"的游戏时,他宣称自己将来要当一名警察,而威尔则决定成为一个小偷。

这时,威尔的手机响了。"对不起,稍等一会儿。"他说着,跑了出去,把公文包留在了椅子上。

"你那边有什么特殊情况吗?"他的同事问道。

"没什么,一切正常。"他撒了谎。

"我听说你最近在盯一个小偷,要小心!"

"我会的。多谢!"他挂断电话,回来却发现桌子边已空无一人。

他的脸顿时变得惨白。"他怎么能……"他踉跄着朝桌子走去。

在咖啡杯下,压着一张字条,上面写道:

亲爱的威尔：

很抱歉，我有急事，不得不离开。我非常高兴能有机会和你重逢。谢谢你唤醒我美好的回忆。我会一直珍惜这段回忆的。

对了，差点忘了告诉你，你的皮包我存在前台了，别忘了去取。

你的挚友杰克

威尔甩了甩字条，露出了笑容。突然，他眼睛一热，在字条的后面，还写着一些话：

尽管时过境迁，我仍然相信我们的友谊会一直继续下去。你将永远是我最信赖的朋友。

写作技巧 / Writing Skill

情节曲折，引人入胜：就在读者为两位老友重逢后的温馨场面而感动时，威尔出去接了个电话，让文章出现转折；威尔回来后看到的那张满怀深情的字条将全文推向了高潮，令人感动。

爱的箴言 / Loving Speaking

造化弄人，儿时游戏中的"小偷"变成了现实生活中的警察，"警察"却成了小偷。两人虽然踏上了不同的人生之路，但心中仍保有儿时的美好回忆。友谊犹如醇酒，深沉而热烈，历久而弥香。

朋友：结伴而行的鱼

文/孙文达

真正的朋友，不是给你一杯诱人的美酒，让你体会暂时的快乐，相反，他会对你当头棒喝，劝你悬崖勒马。

我 和张君是高中同学，大学毕业后，他分到银行，而我则进了检察院。

我们是很要好的朋友。那时候，我们相互帮助，相互鼓励，在城市里快乐地生活着。后来，我们都结婚了，巧的是，我们的爱人都是白衣天使。他打趣说，你和我的心是相连的，不成朋友都难。

要不是他一时的冲动，这种友情会持续下去，我想一定会天荒地老。他为了买处上等的房子，挪用公款8万元……

反贪局调查他的时候，他说的第一句就是，我的朋友在检察院。这个朋友就是我，可我无能为力。法律对于朋友是无情的。

  他的爱人多次找到我。看她那痛哭流涕的样子，我很伤心，只好反复做她的工作。最后她说，这是我们第一次求你，你给个明白话儿吧。我坚决地说，这事我帮不上忙。她擦干眼泪冷冷地说，朋友有什么用！那语调里是对"朋友"这字眼的绝望。那以后，她再没来过我们家。

  我偶尔去监狱看他，他拒绝了我的探视。他只传话说，朋友有什么用。

  我希望通过时间来填补法律的无情。每年的节日，我都会和爱人去探监，去看望他的爱人，尽管要遭受冷落。终于有一天，他无奈地说，算了，朋友本来就没有什么用的。其实，我从骨子里了解他，在他内心深处是不愿失去我这个朋友的，正像我不愿失去他一样。

  他出狱那天，我和爱人都去接他。我说，上我家吧。他没有拒绝，也没有答应。那天，他喝得大醉。他问我，朋友有什么用呢？我笑着说，没什么用，朋友本来就是没用的。他说，我不怨你。我笑了，笑里面搀杂着泪水。

  不久，他和他的爱人去了一个陌生的城市。我们很少见面，偶尔有书信往来，都是些客套话。那以后，我们各自忙碌着，但那份情感是无

法忘却的,有时候反而更浓。

前年,我生日那天,他寄来一封信,祝我生日快乐。信中夹着一朵风干了的牵牛花。他在信中说:你还记得吗,在校外的田野里,我们常去摘牵牛花的,它象征平淡无奇的感情,早上花开,很快就凋谢了,而我们的友情虽然平淡,却不会凋谢。我和妻子读着这封信,泪流满面。

去年的国庆节,我们相约去爬泰山。我们在一个偌大的水库前驻足。那清澈的水里,一条条自由自在的鱼结伴而游。我们相视一笑,我们多像那一条条游着的鱼,只要能够结伴就行了,这也许就是朋友的要义了。

写作技巧 / Writing Skill

题目新颖,画龙点睛:好的标题应当新颖别致,引人读文。本文题目用比喻拟成,不仅形象生动,而且点明了题旨,全文围绕这一主旨而成,结尾处再次呼应题目,升华了主题。

爱的箴言 / Loving Speaking

友情如水,虽然平淡但却真挚。朋友,是相伴而行的鱼,心灵相契,不掺杂任何物质利益的求索。在你陷入困境的时候,他会送上最贴心的帮助。珍惜你的朋友吧,在清新如水的友情中,体会一种淡然的美好。

朋友应该做的事情

文/T. 苏珊·艾尔 [美]

付出就会有回报，在别人心中播下爱的种子，
它会开出感恩的花朵，而你也会收获别人对你由衷的感谢。

杰克把建议书扔到我的书桌上——当他瞪着眼睛看着我的时候，他的眉毛蹙成了一条直线。"怎么了？"我问。

他用一根手指戳着建议书："下一次，你想要做某些改动的时候，得先问问我。"说完他就掉转身走了，把我独自留在那里生闷气。

他怎么能这样对待我？我想。我不过是改动了一个长句子，纠正了语法上的错误——这些都是我认为我有责任去做的。

几个星期过去了，我越来越轻视杰克。我一向信奉这样一个原则：当敌人打你的左脸时，把你的右脸也凑上去，并且爱你的敌人。可是，

这个原则根本不适用于杰克。他很快会把侮辱人的话掷在转向他的任何一张脸上。

一天,他又做了一件令我十分难堪的事,我独自流了很多眼泪,然后,我来到他的办公室。我在他对面的一把椅子上坐下来。"杰克,你对待我的态度是错误的。而我允许这种情况继续下去也是错误的。"我说。

杰克不安地、有些僵硬地笑了笑。"我想向你做出承诺:我将会是你的朋友。"我说,"我将会用尊重和友善来对待你,因为这是你应该受到的待遇。你应该得到那样的对待,而每个人都应该得到同样的对待。"说完,我轻轻地从椅子里站起来,然后轻轻地把门在身后关上。

那个星期余下的时间里,杰克一直都避免见到我。建议书、说明书和信件都在我吃午餐的时候出现在我的书桌上,而我修改过的文件都被取走了。一天,我买了一些饼干带到办公室里,留了一些放在杰克的书桌上。另一天,我在杰克的书桌上留下了一张字条,上面写着:"希望你今天愉快。"

接下来的几个星期里,杰克又重新在我面前出现了。他的态度依然

冷淡，但却不再随意发脾气了。其后，每一次在大厅里看见杰克时，我都会先向他露出微笑。

因为，那是朋友应该做的事情。

在我们之间的那次"谈话"过去一年之后，我被查出患了乳腺癌。很快癌细胞转移到了我的淋巴腺，有统计数字表明，患病到这种程度的病人不会活很长时间了。手术之后，我与那些一心想找到合适的话来说的朋友们聊天。没有人知道应该说什么，许多人说话语无伦次、颠三倒四，还有一些人忍不住哭泣。我尽量鼓励他们。我固守着希望。

住院的最后一天，门口出现了一个身影，原来是杰克。他正笨拙地站在那里，我微笑着朝他招了招手。他走到我的床边，没有说话，只是把一个小包裹放在我身边，里面是一些植物的球茎。"郁金香。"他说。我微笑着，一时之间没有明白他的意思。

他清了清喉咙："你回到家里之后，把它们种到泥土里，到明年春天，它们就会发芽了。"他的脚在地上蹭来蹭去，"我只是想让你知道，当它们发芽的时候，你会看到它们。"

我的眼睛里升起一团泪雾，我向他伸出手去。"谢谢你！"我轻声说。

杰克握住我的手，粗声粗气地回答："不用谢。你现在还看不出来，不过，到明年春天，你将会看到我为你选择的颜色。"他转过身，没说再见就离开了病房。

现在，那些每年春天都能看到的红色和白色的郁金香已经让我看了10多年。今年9月，医生就要宣布我的病已经被治愈了。

在我最希望听到鼓励的话的时候，一个沉默寡言的男人说出了它们。

毕竟，那是朋友应该做的事情。

写作技巧 / Writing Skill

　　巧用过渡句，结构清晰："朋友应该做的事情"这句话首次作为过渡段出现在"我"的行为对杰克的影响之后，此后，作者笔锋一转，转而叙述杰克对于我的影响。这一过渡段既承上启下，又对标题进行了呼应。

爱的箴言 / Loving Speaking

　　真诚和友善是朋友相处的方式之一。在你对这个世界失望时，也许友人的些许关怀就会打开你封闭的心扉，触动你掩藏许久的真情。纯洁的友情能使你再次真诚地面对生活，热情地对待周围的人，能缩短人与人之间的距离，扩展你我生活的空间。

敲响生命

文/张丽钧

灾难来临时,不放弃,不抛弃,
你和我,同呼吸,共命运,共同迎来风雨后的彩虹。

郭老师高烧不退。透视发现他胸部有一个拳头大小的阴影,怀疑是肿瘤。

同事们纷纷去医院探视。回来的人说,有一个女的,叫王瑞,特地从北京赶到唐山来看郭老师,不知是郭老师的什么人。又有人说,那个叫王瑞的可真够意思,一天到晚守在郭老师的病床前,喂水喂药端便盆,看样子跟郭老师可不是一般关系呀。就这样,去医院探视的人几乎每天都能带来一些关于王瑞的花絮,不是说她头碰头给郭老师试体温,就是说她背着人默默流泪,更有人讲了一件令人不可思议的奇事,说郭

老师和王瑞一人拿着一根筷子敲饭盒玩,王瑞敲几下,郭老师就敲几下,敲着敲着,两个人就神经兮兮地又哭又笑。心细的人还发现,对于王瑞和郭老师之间发生的一切,郭老师的爱人居然没有表现出一丝一毫的醋意。于是,就有人毫不掩饰地艳羡起郭老师的"齐人之福"来。

十几天后,郭老师的病得到了确诊,肿瘤的说法被排除。不久,郭老师就喜气洋洋地回来上班了。有人问起了王瑞的事。

郭老师说:"王瑞是我以前的邻居。大地震的时候,王瑞被埋在了废墟下面,大块的楼板在上面一层层压着,王瑞在下面哭。邻居们找来木棒、铁棍撬那楼板,可说什么也撬不动,就说等着用吊车吊吧。王瑞在下面哭得嗓子都哑了——她怕呀。她父母的尸体就在她的身边。天黑了,人们纷纷谣传大地要塌陷,于是就都抢着去避难。只有我没动。我家就活着出来了我一个人,我把王瑞看成了可依靠的人,就像王瑞依靠我一样。我对着楼板的空隙冲下面喊:'王瑞,天黑了,我在上面跟你做伴,你不要怕呀……现在,咱俩一人找一块砖头,你在下面敲,我在上面敲,你敲几下,我就敲几下——好,开始吧。'她敲当当,我便也敲

当当,她敲当当当,我便也敲当当当……渐渐地,下面的声音弱了,断了,我也眯眯瞪瞪地睡去。不知过了多长时间,下面的敲击声又突然响起,我慌忙捡起一块砖头,回应着那求救般的声音,王瑞颤颤地喊着我的名字,激动得哭起来。第二天,吊车来了,王瑞得救了。那一年,王瑞11岁,我19岁。"

女同事们鼻子有些酸,男同事们一声不吭地抽烟。在这一份莹洁无瑕的生死情谊面前,大家倏然明了,生活本身比所有挖空心思的浪漫揣想都更迷人。

写作技巧 / Writing Skill

巧设悬念,引人入胜:作者没有在开篇就明确王瑞与郭老师的关系,而是一再地制造悬念,就在读者被吊足胃口后,作者借郭老师之口讲述了一个感人的故事,王瑞的身份也不言自明。如此行文,避免了平铺直叙,使得文章情节波澜起伏,引人入胜。

爱的箴言 / Loving Speaking

在别人深陷困难时,及时施以援手;在你遭遇不幸时,别人定会对你报以爱的回馈。爱心播种与收获的过程催生了友谊。友谊需要用心去感受,用心去传递,只有亲身体验,才会知道友谊的美好与珍贵。

青草的气味

文/佚名

纯真的友谊犹如青草散发出的香气,清新怡人,令人沉醉。
时间冲不淡友情的酒,距离拉不开思念的手。

草地软绵绵的,散发着清香,让人浮想联翩。我躺在树下,阳光从树叶的缝隙中透过来。我深深地吸气,闻到青草的味道,还有那一幕幕往事。以前,我和我的朋友们常常来这里。无数次,我们就这样躺在草地上,玩耍,或者沿着山坡滚下去。现在,两年后,我又回到了这里。

这时,埃莉说道:"娜塔莉,听说朱莉和凯文在约会,这是真的吗?"

"是呀,他差不多一周前开始约她的。"

"我之前还不确定呢。我在'地平线'看见他们俩了。我觉得他不

适合她。"

"是啊,我也这么想!你记得吧,去年她还和本约会呢!真是太疯狂了!"

我拔了一根草在手上摆弄,没有再听她们的对话。我不知道她们在说些什么。我感到一阵阵凉意袭上心头。我突然感到有些悲伤。我和我最好的两个朋友坐在这里,可我却感到如此孤独。两年前我从这里搬走后,就一直想回来。可是,突然间我却希望自己在别的什么地方。这想法多奇怪啊!我竟然想要离她们远远的!我爱她们,就像爱我的家人一样啊!

我还记得,我们曾经形影不离。不管做什么,我们都在一起。我们的生活是那样的密不可分。自打我记事起,我们三个就整天在一起。可现在,我觉得我成了局外人。我们的生活不一样了,我忍不住想大声痛哭。

"那个老师一定是疯了,她把你们的课……"

我把手里的小草扔掉,跳了起来。

"你们想跟我一块儿滚下山去么?"我突然问道。

娜塔莉咧嘴笑了,站起身来。那笑容,我永远也不会忘记。

青草的气味

"噢!天哪!我们好多年没这么干了!"她喊道。然后,我们一起把埃莉拉起来。我们跑到草地边上,那儿有个斜坡。

"一,二,三!"我们数道,然后叫喊着滚下去了。

我往下滚的时候,听见娜塔莉在大声地笑。埃莉也笑了,还"哎哟"了一声,因为她磕到了小土块。青草的气味再一次笼罩了我,附着在我的头发、衣服和皮肤上。在坡底下,我们停了下来,大声地笑,东倒西歪地躺着。我仰望蓝天,舒了一口气。我已经决定回家后不马上洗身上的衣服,我要看看这青草的气味能停留多久。

写作技巧 / Writing Skill

巧用象征,寓意深刻:我不愿洗掉衣服上青草的气味,是因为它代表了我和挚友间的情谊,我想永远珍藏它。这一象征手法的运用,表达了作者真挚的情感,耐人寻味。

爱的箴言 / Loving Speaking

两年不见的朋友,由于时间、空间的相隔而似乎疏远了,但是曾经的一个小游戏便又让彼此亲密如初。时间能够冲淡一切,但是友谊除外。友谊,天长地久,历久而弥新。

轻轻的一个吻

文/吴桂玲

爱是生命的火焰，爱是美德的种子。
爱是理解和关怀，爱是牵手，是拥抱，是轻轻的一个吻……

在西雅图残疾人运动会上，九名参赛者全部是身体或者智力方面有缺陷的孩子。他们整齐地排在百米速跑的起跑线上。

枪声一响，所有的孩子都跑了起来。确切地讲，他们并不是在速跑，可是他们都满心欢喜地要跑完全程，并争取胜利。

突然，一个男孩子在跑道上跌倒了，他坚强地爬起来，再次跌倒，他又坚强地爬起来……连续好几次跌倒，男孩终于哭了。

其他八个孩子听到男孩的哭声，放慢速度停下来。然后转身往回跑，无一例外。

这时,一个患有"恐低综合症"的女孩弯下腰,在那个男孩的脸上轻轻吻了一下,说:"这会让你好些的。"

然后,九个孩子手挽着手一起走向终点。

体育馆的所有观众都站了起来,掌声和欢呼声一浪高过一浪,持续了将近十分钟。

是啊,我们不怕先天的缺陷,不怕后天的不足,只要心中有爱,就会在人生的跑道上赢得精彩。

写作技巧 / Writing Skill

　　细腻、生动的动作描写使得文章尤为感人:文章中描写动作的语言简练、准确,把孩子们几个简单的动作写得饱含感情,从而突出了九个孩子之间可贵的互助、友爱之情。

爱的箴言 / Loving Speaking

　　九个孩子的团结、友爱之情,成了那次运动会上最闪亮的金牌。是啊,每一个生命都因为有了爱心才变得充实。让我们多一分关爱,少一些争执,多一分宽容,少一些矛盾,让生活多谱写一些美妙的乐章,少一些不和谐的音符吧。

情愿代你去死

文/佚名

因为始终信赖你,所以敢冒着生命危险代替你;
因为深爱着你,所以情愿代你去死。

在希腊有一个名叫皮西厄斯的年轻人,因做了一些触犯暴君奥尼修斯的事被关进了监狱,不久将被处以死刑。皮西厄斯请求暴君在行刑之前放自己回家乡一趟,向家中的亲友告别,然后再回来受刑。暴君认为皮西厄斯是想借机逃走,不肯放行。这时,一个名叫达芒的年轻人表示,他愿意用生命为皮西厄斯担保,他说,如果皮西厄斯不回来,他愿意代他伏法。

奥尼修斯十分惊讶,居然有人这样自告奋勇。不过他最后还是同意了皮西厄斯的要求,但是在此期间,达芒必须暂代坐监。

情愿代你去死

行刑的日子终于到了,皮西厄斯却没有回来。虽然达芒做好了被处死的准备,但是他对朋友的信赖始终坚定不移。他说:"皮西厄斯没有准时回来,那一定是因为他身不由己,受了阻碍不能回来。"他对前来告别探访的好友说,能够为自已深爱的人去受苦,他一点也不觉得悲伤。

刽子手来到牢房,准备带达芒去刑场,就在这时,皮西厄斯飞跑着来到监狱的门口。原来,一场突如其来的暴风雨令他耽误了很长时间。

皮西厄斯向达芒致意,然后坦然地向刽子手走去。这一切,令奥尼修斯深为感动,他宣布把他们释放,并且对他们说:"我为你们的友情深深感动,我愿意用我全部的财产,来换取像你们一样的朋友!"

写作技巧 / Writing Skill

主题明确,立意深刻:文章贵在立意。文章有了深刻的主题,便可让人读之若饮甘泉,从中得到一定的启示。文章讲述了一个人冒着被处死的危险代替朋友坐牢,歌颂了朋友之间的相知、相助,赞美了宝贵的友情。

爱的箴言 / Loving Speaking

真挚的友谊无比珍贵,无怪乎暴君愿意用全部财产来换取一个情深谊长的朋友。友情建立在两个人相互理解、相互信任的基础之上,有一个可以信赖的朋友是幸福的,被朋友信任也是幸福的。

300美元的价值

文/贝蒂·扬斯 [美]

善待自己,珍视自己,关爱他人,帮助他人。
人生如此,你便会找到生活的乐趣和人生的价值。

阿伦是我的一个好朋友。但是,说实在的,我并不喜欢与他呆太长的时间,因为此人是一个郁闷的人,每次与他在一起的时间超过一个小时,我也会变得闷闷不乐。

阿伦过日子精打细算,他不送礼,不消费,似乎不知道生活有"享受"这回事。

他生日那天,我同往年一样,给他打了一个电话。"生日快乐,阿伦。"我说。

"有什么可快乐的?"他冷冷地答道,"如果花在人寿保险上的钱

又要涨了,我可能更快乐一些。"

我习惯了他的性格,所以仍然兴致勃勃地与他说了些话,最后提出请他出去吃饭。他虽然不太情愿,但还算给我面子,答应前往。

我点了蛋糕,在上面插上蜡烛,又请餐厅安排了几个人给他唱《生日快乐》。

"哦,上帝!"他坐立不安,"他们什么时候才能唱完?"

演唱组唱完生日歌离开后,我送给他一个礼物。

"你在布卢明黛尔店买的?"他看到了包装上的店名,"那里的东西太贵了!你最好把它退回去。你是知道的,那里的东西是骗富人钱的,比实际价格要高出20倍!"

"如果你不喜欢,可以到那个店调换其他东西。"我说,"不过,你千万不要像上次那样,把我送你的生日礼物退给商店,然后将钱还给我。"

阿伦就是阿伦。三天后,他给我打了一个电话,告诉我他将生日礼物退了,马上把300美元退款寄还给我。

"阿伦,"我一时气愤,言辞激烈地说,"你知道,我是你的朋友,我可以为你做任何事情,但是我要不客气地告诉你,你这种生活态度与其说是节俭,不如说是自私自利。我有个建议,明天,你带着这3张百元钞票到你家附近的几个商店转一转,如果你看到一个面容憔悴、衣着简朴、领着几个孩子的妇女,你就对她说'你今天交了好运',然后

把一张百元钞票塞到她的手里。

"接着,当你看到一个老人显然是由于生活困窘而在为几毛钱与店主讨价还价时,你就把第二张钞票塞给他并对他说'祝贺你交了好运'。

"最后一张百元钞票希望你自己把它花掉。给自己买点儿真正喜欢的东西,或者去做一次全身按摩、面部护理和足疗。我想,如果你照我的建议做了,你会发现生活是一件很开心的事情。"

大约两个月后的一天,我家的门铃响了。我打开门,看见阿伦笑嘻嘻地站在我面前。他大声说:"我做到了。我按照你的意思花了那300美元。你想听一听吗?""当然。"我邀请他进屋。

"这真是一次有趣的经历。"他说,"我不知怎么形容那位母亲的表情!太不简单了,要抚养5个孩子,最大的不会超过10岁。还有那位老人,哈,他拿到100美元时的反应就像看到了圣诞老人!"

"最后一张百元钞票你是怎么处理的?"我问。

他举起手,我看到他的手腕上戴了一只新手表。

"我为你感到自豪,阿伦。"我说。他神采奕奕,高兴地说:"我知道

你的用意。我长期以来总也快乐不起来,因为我从未真正喜欢过自己。"

"阿伦,"我说道,"我让你这样做的时候,可能是有些过分了,但我当时对你实在是很恼火。我只觉得如果你更多地关心别人、珍爱自己,你就会找到快乐。"

我发现,阿伦真的从300美元的价值中认识到了人生的真谛。因为从此以后,他不但享受生活,而且给动物收容所捐过款,还资助一位贫困的盲人做了白内障手术。我们在一起的时候,有说有笑,常常忘了时间。

写作技巧 / Writing Skill

　　妙用对话,刻画人物:言为心声,语言可以折射说话者的性格特点,塑造人物形象。文章通过人物对话,描绘了阿伦从一个悲观、无趣的人向乐观、内心充满喜悦的人的转变,人物形象跃然纸上。

爱的箴言 / Loving Speaking

　　朋友的300美元让阿伦认识到了人生的真谛,阿伦从此告别从前,成为一个快乐的人。可以说,是朋友使阿伦获得了新生。一个好的朋友,能给我们一些有益的建议,给我们一些及时的忠告,拥有好的朋友,就多了一份欢乐、充实和安全。

三十年的知己

文/张肃

知己是彼此的心灵相通,是彼此的牵肠挂肚,
是默默地奉献自己而不求回报;人生得一知己足矣。

我和萧萧是在初二时被编在一个排里的。那是一个史无前例的时代,年级叫做连,班级叫做排。校方忙着革命,顾不上学生的学习,一切唯家庭成分论。

萧萧的父亲早年参加过新四军,头顶着背包在南方的某个湖里涉过水,因此她早早就当上了红卫兵。虽说她因父亲的文化不高而心生叹息,我却很羡慕她,因为我家的成分不好,她可以戴着红卫兵袖章在学校某思想宣传队里蹦蹦跳跳,而我却每逢校级、班级批斗会总是战战兢兢。令人羡慕的是,她还有一个在大学图书馆工作的妈妈。在那个一册

三十年的知己

在手、万卷皆废的年代里,她的妈妈可以偶尔带回一点"禁书"。我们渴望一切新鲜活泼的东西。

我们是怎么好起来的?我们都记不得了,大约就是从借书开始的吧。萧萧有时会带来一本前苏联侦破小说,薄薄的一本让人眼睛放光。看之前先为它包个皮,一来可以偷偷带上课堂;二来可以留个爱惜图书的美名,讨她妈妈的欢心而不会断了书路。借阅范围之小,借阅方式之隐秘,促进了我们的友谊。

虽分属两个不同的阶级阵营,但这不影响我和萧萧的交往。我们去农场学农,熄灯之后顶着一床被子打着手电快活地分食一小包她家人从南方老家带来的芝麻酥糖,舔完手指又舔糖纸。

我去拉练,背着小行李卷在城市周边做速度为30～40公里／日的行军,数日不归,间或模拟与美帝苏修蒋匪遭遇之状。萧萧身体不好另兼有宣传鼓动我们之重任,她没有拉练,却想法捎给我一只饭盒,里面有我妈妈做的咸菜,还有她放进去的糖块,那应该也是从自家嘴里省出来的吧。

萧萧的爱说爱笑、无拘无束让人愉快,富有同情心、重情重义令我心安。多方面的天壤之别使我们很少在同学面前显示我们的友谊,这一

是由于情势所迫,二也因为少年人的担心、敏感和骄傲。在那样一个让人担惊受怕的年代,在那样一个不谙世事懵懵懂懂的年龄,拥有一个信任你、理解你的朋友无疑是命运对你的厚爱。

革命革掉了初三,也革掉了高三,一转眼四年过去,已进入花季的我们要到农村这广阔天地去绽放了。我们不属于老三届,革命激情已相当弱,下乡是为了回城,早去早回人尽皆知。还是由于身体的原因,萧萧成了免于插队的幸运儿。为避免站台上的离愁别绪,这幸运的人提前去我家送我,泪如雨下。三十年后,我写下这只有天知地知的一幕不禁悲喜交集,而当年我并未流过一滴眼泪。

我们一起分享了我在农村的劳累,分享了她参加工作的喜悦,虽然千山万水,虽然分多聚少,但我们从未生疏过。

盼望已久的招工导致的绝望,不期而至的恢复高考带来的希望,繁重的体力劳动,枯燥的精神生活,格格不入的陌生环境,远在天边的亲、爱、友情,这就是我的一九七七。在那段日子里,我接到了我平生第一个长途电话。萧萧做长话接线员工作,"利用职务之便"她把电话从省城打到我所在的市,从市里查到我的单位,从单位追到我的工作地点:一条山沟。这个迂回曲折的来电让工友们惊奇不已,让我惊喜万

分。日久年深，电话的内容已模糊不清，记住的是一份永远的情意。

现在，生活又使我们相隔千里。萧萧40岁生日的时候，一向疏于写信的我用写信的方式祝她生日快乐，告诉她这半生里她为我做得多，我为她做得少。

我们的友谊像一条小溪，波澜不惊却有自己的方向。30年过去了，她始终在不知不觉间滋润着我们。30年过去了，我们成了知己。我感谢中文里有知己这个词，她比"朋友"更能表达我的心意。我感谢上苍让我在茫茫人海中拥有我的知己，无论时代如何变迁，个人怎样悲喜。

写作技巧 / Writing Skill

　　感情真挚，以情动人：这篇记叙文叙述了一对好朋友30年的友谊，虽是记叙，但毫无平淡之感，究其原因，在于作者叙述的语言饱含感情。这种披情入文的方法，能产生以情动人的效果，能激起读者的情感共鸣。

爱的箴言 / Loving Speaking

　　一个人一生可能会有很多朋友，但是却不一定有真正的知己。知己是彼此相知而情谊深切的朋友，但又超越了普通朋友。知己之间心领神会，他们能读懂对方的每一个眼神，能明白对方每句话的含义。拥有知己，你从此不会感到孤独、寂寞。

沙漠里的两个朋友

文/佚名

朋友的美好,只在于彼此之间所感受到的那份温暖的感觉,那种心灵与心灵共鸣的感动……

从前,有两个朋友去沙漠中旅行。旅途中,他们为了一件小事争吵起来,其中一个人打了另一个人一记耳光。

被打的人觉得深受屈辱,一个人走到帐篷外,在沙子上写道:"今天我的好朋友打了我一巴掌。"

他们继续往前走,一直走到一片绿洲,停下来饮水和洗澡。在河边,那个被打的人差一点被淹死,幸好被朋友及时救起来了。

被救起之后,他拿了一把小剑在石头上刻下了这样的话:"今天我的好朋友救了我一命。"

他的朋友好奇地问道:"为什么我打了你后,你要写在沙子上,而现在要刻在石头上呢?"

他笑着回答说:"当被一个朋友伤害时,要写在易忘的地方,风会负责抹去它;相反,如果受到了朋友的帮助,我们要把它刻在心的深处,那里任何风都不能磨灭它。"

真正的朋友的伤害也许是无心的,帮助却是真心的,忘记那些无心的伤害,铭记那些对你的真心帮助,你将会发现这世上真心的朋友不断地多起来。

写作技巧 / Writing Skill

对比手法的运用突出了朋友相处之道:挨打的人把朋友的伤害和帮助分别刻在了沙上和石头上,这种强烈的对比突出了这个人对朋友的宽容与珍视,值得我们每一个人借鉴。

爱的箴言 / Loving Speaking

在日常生活中,就算最要好的朋友也会有磨擦。对待朋友,信任和宽容是第一位的。用心去体会拥有朋友的美好感觉吧,与朋友彼此珍惜,彼此帮助,共同进步与成长。

上好的一座仓房

文/爱德华·齐格勒 [美]

友谊就像一颗宝石，你若珍惜，它会永远闪烁、发光；
你若置之不理，它便会黯然失色。

旧时的友谊冷却了，一度亲亲密密，此时的关系却十分紧张，我的自尊心又不允许我拿起电话。

一天，我拜访了另一位朋友，他长期担任外交公使和参赞。我们坐在书房里——四周有上千本书——开始侃起了大山。我们谈得很深很广，扯到了现代小型计算机，还聊到了贝多芬苦难的一生。

最后话题转到了友谊，讲到了当今的友谊如何只是昙花一现。作为一例，我提到了自己的经历。我的朋友说："友谊是个神秘的东西。有些会天长地久，有些则四分五裂。"

上好的一座仓房

我的朋友指着临近的一家农场说："那儿曾经有一座大仓房,可能是19世纪70年代建造的,坚实牢固。但是,像此地的许多其他建筑一样,它倒塌了,因为人们都跑到富饶的中西部去了,没有人照管仓房。当时的房顶急需维修,雨水已经透过屋檐,顺着内部的梁柱往下淋。

"一天,一场大风刮来了,整个仓房在风暴中颤抖。当时,你会听到那种噼啪声:开始像旧船板一样嘎吱嘎吱地响,接着是一连串猛烈的噼里啪啦声,最后是一阵巨大的轰鸣,仓房变成了一堆碎木片。

"风暴过后,我去看了看那些古老而漂亮的栎木,一个个仍然坚实如初。我问农场主到底是怎么回事。他说,他估计是雨水聚积在结合处的榫眼里,一旦榫头烂了,巨大的横梁便无法连接在一起了。"

我的朋友说,这件事他琢磨了很久,最后渐渐领悟到,建造仓房与建立友谊之间有着某些相似之处:无论你有多么强大,无论你的造诣如何卓然,但只有在同别人的关系中,你才具有持久意义。

"要使自己的生命成为坚固的结构,既服务于他人,又充分发挥自

己的潜能。"他说，"你得记住，力量再大也不能恒久，除非仰仗他人的联合与支持。孤行己见，势必会栽跟头的。"

"友谊关系需要呵护，"他补充说，"像那仓房的房顶一样。未复的信件，未道的谢意，损害了的信任，未解决的争端——所有这些正像雨水渗入了榫眼一样，削弱了横梁之间的连接。"

我的朋友摇着头："那本来是座上好的仓房。即使维修也花费不了什么。可现在，再也重建不起了。"

下半晌，我起身告辞。"你难道不想借我的电话机用一用吗？"他问。

"哦，"我说，"想，非常想。"

写作技巧 / Writing Skill

借物说理，形象生动：从物之特点引出社会人生道理，由此及彼，这种写法叫做"借物说理"。文章以仓房比喻友谊，以仓房的倒塌比喻友情的破裂，说明了友情需要呵护、需要经营这一道理，比喻贴切，主旨突出。

爱的箴言 / Loving Speaking

有时友情牢不可破，但有的时候，友情像玻璃般易碎。若想让可贵的友谊天长地久，需要双方用心去经营。彼此尊重、彼此关心、彼此欣赏、彼此体谅，这些都是可以让友谊保鲜的方法。

生命的药方

文/托马斯·沃特曼 [美]

有的时候,孤独比疾病更令人痛苦。
友情是生命的药方,是一个人不可或缺的精神财富。

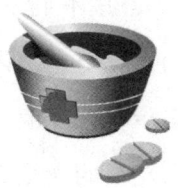

德诺10岁那年因为输血不幸染上了艾滋病,伙伴们全都躲着他,只有大他4岁的艾迪依旧像从前一样跟他玩耍。离德诺家的后院不远,有一条通往大海的小河,河边开满了五颜六色的花朵。艾迪告诉德诺,把这些花草熬成汤,说不定能治他的病。德诺喝了艾迪煮的汤,身体并不见好转,谁也不知道他还能活多久。一个偶然的机会,艾迪在杂志上看见一则消息,说新奥尔良的费医生找到了能治疗艾滋病的植物,这让他兴奋不已。于是,在一个夜晚,他带着德诺,悄悄地踏上了去新奥尔良的路。

他们是沿着那条小河出发的。艾迪用木板和轮胎做了一个结实的

船，他们躺在小船上，听流水哗哗的声响，看满天闪烁的星星。艾迪告诉德诺，到了新奥尔良，找到费医生，他就可以像别人一样快乐地生活了。不知漂了多远，船进水了，孩子们不得不改搭顺路汽车。为了省钱，他们晚上就睡在随身带的帐篷里。德诺咳得很厉害，从家里带的药也快吃完了。这天夜里，德诺冷得直发颤，他用微弱的声音告诉艾迪，他梦见两百亿年前的宇宙了，星星的光是那么暗那么黑，他一个人待在那里，找不到回来的路。艾迪把自己的球鞋塞到德诺的手上："以后睡觉，就抱着我的鞋，想想艾迪的臭鞋还在你手上，艾迪肯定就在附近。"

孩子们身上的钱差不多用完了，可离新奥尔良还有三天三夜的路。德诺的身体越来越弱，艾迪不得不放弃了计划，带着德诺又回到家乡。不久，德诺就住进了医院。艾迪依旧常常去病房看他，两个好朋友在一起时病房便充满了快乐。

他们有时还会合伙玩装死游戏吓医院的护士，看见护士们上当的样子，两个人都忍不住大笑。

秋天的一个下午，艾迪在病房陪着德诺，夕阳照着德诺瘦弱苍白的脸，艾迪问他想不想再玩装死的游戏，德诺点点头。然而这回，德诺却

没有在医生为他摸脉时忽然睁眼笑起来,他真的死了。

那天,艾迪陪着德诺的妈妈回家。两人一路无语,直到分手的时候,艾迪才抽泣着说:"我很难过,没能为德诺找到治病的药。"

德诺的妈妈泪如泉涌:"不,艾迪,你找到了。"她紧紧地搂着艾迪,"德诺一生最大的病其实是孤独,而你给了他快乐,给了他友情,他一直为有你这个朋友而满足……"

三天后,德诺静静地躺在了长满青草的地下,双手抱着艾迪穿过的那只球鞋。

写作技巧 / Writing Skill

叙述中饱含深情,打动人心:作文要有真情实感,否则不能动人。本文并不是干巴巴地记叙一个关于友情的故事,而是在叙述中充满着对德诺的悲悯和对艾迪的赞颂,读者读毕一定既为德诺的死而悲伤,又被艾迪的善良所感动。

爱的箴言 / Loving Speaking

友谊,是生命里的阳光,它让人生走过的每一个历程都充满温暖和光明。友谊,是淡淡的花香,它让我们度过的每一天都能闻到它所散发的芬芳。友谊,值得每一个人好好珍藏。让我们珍惜幸福,学会感恩。

生死跳伞

文/佚名

当你感叹友情并非牢不可破时,"士为知己者死"的友情在某个角落正在上演。
有的朋友像是一杯酒,浓郁得瞬间可以燃烧你的心。

汤姆有一架小型飞机。一天,汤姆和好友库尔乘飞机飞跃一个人迹罕至的海峡。飞机已飞行了两个半小时,再有半个小时,就可到达目的地。

忽然,汤姆发现飞机上的油不多了,他估计是油箱漏油了。因为起飞前,他给油箱加满了油。汤姆一公布这个消息,库尔一阵惊慌。汤姆安慰他:"没关系的,我们有降落伞!"说着,他将操纵杆交给也会开飞机的库尔,然后走向机尾,拿来了降落伞。汤姆手里拿着一个降落伞包,在库尔身边也放了一个。他说:"库尔,我的好兄弟,为了减轻飞

生死跳伞

机的重量,我先跳伞了,你开好飞机,在适当的时候再跳吧。"说完,他跳了下去。

飞机上就剩下库尔了。这时仪表显示油料已尽,飞机靠滑翔无力地向前飞。库尔也决定跳下去。于是他一手抓紧操纵杆,一手抓过降落伞包。他把手伸进伞包一掏,不禁大惊,包里没有降落伞,是一包汤姆的旧衣服!

库尔大骂汤姆。现在一没伞可跳,二没油料,飞机仅靠滑翔是飞不长久的!库尔急得浑身冒汗,只好使出浑身解数,往前能开多远算多远。

飞机无力地朝前飞着,往下降着,离海面越来越近……就在库尔彻底绝望时,奇迹出现了——一片海岸出现在眼前。他大喜,用力猛拉操纵杆,飞机贴着海面冲过去,"嘭"的一声撞在松软的海滩上,库尔晕了过去。

半个月后,库尔回到他和汤姆居住的小镇。他拎着那个装着旧衣服的伞包来到汤姆的家门外,发出狮子般的怒吼:"汤姆,你这个出卖朋友的家伙,给我滚出来!"

汤姆的妻子和三个孩子跑出来,问他发生了什么事。库尔很生气地

讲了事情的经过，并抖动着那个包，大声地说："看，他就是用这东西骗我的！他没想到我没死，真是老天保佑！"

汤姆的妻子说了声"他一直没有回来"，就认真翻看那个包。旧衣服被倒出来后，她从包底拿出一张纸片。但她只看了一眼，就大哭起来。

库尔一愣，拿过纸片来看。纸上有两行极潦草的字，是汤姆的笔迹，写的是：

库尔：我的好兄弟，机下是鲨鱼区，跳下去必死无疑。不跳，没油的飞机不堪重负，会很快坠海。我跳下后，飞机减轻了重量，肯定能滑翔过去……你大胆地向前开吧，祝你成功！

写作技巧 / Writing Skill

开头巧设伏笔，结尾出人意料：库尔为朋友的背叛而伤心、愤怒，最后却得知朋友的所作所为完全是为了保全他的生命。故事的结局出人意料，这样的结尾让读者受到心灵的震撼，整个故事显得不同凡响。

爱的箴言 / Loving Speaking

有时候，你的所见并非就是事情的真相。当你和朋友的友谊呈现非常态时，不要轻易怀疑友谊，否定友谊，也许你的朋友此时正在无言地为你做着牺牲。珍惜友谊吧，你将会收获更多。

圣诞节的卡片

文/泰瑞莎·彼得森 [美]

友谊是奇迹,它是送给孤单者的最好礼物。
寂寞的心灵因为有了友情的滋润而感受到生活的美好。

害羞而内敛的爱比,转学进入市中心的市区中学,开始上二年级。她没料到自己会陷入孤单,而且她很快就发现,自己非常怀念一年级的老同学。那个班人数不多,可是每个人都十分友善,不像现在的新同学,个个冷漠无比。

没有人和她说话,因此她的声音也没人听得到,她最后终于相信,自己的想法不值得一提,因此她保持沉默,几乎一句话也不说。

她的父母开始担心她会一直交不到朋友,于是他们用尽各种方法,想帮助她适应新环境,可是没有用。

　　不幸的是，爱比的父母并不知道，爱比已经开始考虑结束自己的生命。她时常哭着入睡，相信这个世界上再也没人愿意真诚地和她做朋友。

　　夏天过了以后，情况变得更糟了。爱比一个人整天无所事事，只能胡思乱想，她觉得生活就只能是这样，这日子一点都不值得继续过下去。

　　爱比升上三年级以后，加入当地教会的一个青少年组织，希望借此交些朋友。但是那里的人表面上很欢迎她，私底下却希望她不要进入他们的圈子。

　　快到圣诞节的时候，爱比已经陷入极度的低潮，每晚都必须靠安眠药才能入睡。到最后，她决定趁着圣诞夜父母外出参加派对时跳河自杀。她离开温暖的屋子，准备走一段路到桥上去。不过她决定先在信箱里留个字条给父母，她打开信箱的门，看见里面已经有好几封信。

　　她拿出那些信，看看是谁寄来的。一封是祖父母寄来的，有几封是邻居放的……接着她看到有一封是寄给她的！她急忙把信打开，那是青少年组织里一个男孩寄来的卡片。

亲爱的爱比：

　　我很抱歉没能早一点和你谈话，因为我父母正在办离婚手续，所以我

没机会和人多说话。我希望你能帮我解决一些父母离婚的小孩会碰到的问题,我觉得我们可以做好朋友,互相帮忙。星期天在青少年组织见!

你的好朋友卫斯理·希尔

爱比瞪着卡片看了好久,读了一遍又一遍。纸条上写的"做好朋友",让她露出了微笑。她明白有人关心她的生活,而且希望和平凡、安静的爱比·耐特做朋友。她感觉很特别。

爱比转身回到屋里,进门第一件事就是给卫斯理打电话。

写作技巧 / Writing Skill

运用顺序的记叙方法,推动故事发展:文章按照事情发展的顺序,记叙了主人公爱比由保持沉默,到胡思乱想,到陷入低潮,直至最后获得友谊的事,将一个因缺少友情而绝望、因友情的滋润而欣喜的小女孩的情态刻画得入木三分,同时推动故事发展。

爱的箴言 / Loving Speaking

每个人都渴望友谊,友情像清泉一样滋润人心,给人以生活的力量。有了朋友的陪伴,我们不会再感到寂寞,快乐可以与朋友分享,忧伤可以向朋友倾诉,平淡的生活从此变得不同。

睡在我下铺的兄弟

文/阿湘

宽容别人的人是仁者、智者,被宽容的人是幸福者、幸运者。
一时的宽容和理解维护了他人的自尊自信,这份深厚情谊足以令人铭记一生。

这是一个令我难以启齿的故事,故事里面有一个令人难以忘怀的人。

小时候,我有尿床的毛病,为此,没少挨父母的打骂,有时甚至被罚站在屋中央熬过隆冬的漫漫长夜。让我苦恼而又羞愧的是,这毛病一直持续到我读高中的那一年。

1979年的秋天,我考上县一中。入学时,同村先一年进校的伙伴为我占了一张靠窗的上铺。当时,对一个山里孩子来说,县城里好奇又新鲜的东西很多,就连学校里上下双层床铺都觉得有趣,睡起来特别香,自己尿床的毛病早已置之脑后。

睡在我下铺的兄弟

记得第一个学期冬天的一个晚上，天气十分寒冷，北风呜呜地吹打着窗户。睡至深夜时分，梦中的我，径直走入厕所放肆地排泄起来，不待尿完，便猛地惊醒了，伸手一摸，我的天！床铺湿了一大片，仔细倾听，尿液正在一滴滴地往下铺滴。睡下铺的尹成同学却毫无感觉。黑暗中，我羞愧难当，想到明天早上被同学们知道当做新闻传播时的情景，更加惶恐，心里又急又恨，真想这个耻辱的夜晚永远不再天亮。

辗转反侧、焦虑不安中，曙光还是来临了。学校起床的铃声骤然响起，沉寂的寝室变得热闹喧哗起来。"哎呦！"下铺尹成同学一声惊叫。"怎么啦？"几位邻床同学不禁问道。此时我将头深深埋进被窝里，心里暗暗叫苦："完了，等着两个班几十位同学的耻笑和奚落吧！"

然而，意料之外，只听尹成同学回答："没什么，老鼠将我的袜子叼到床底下去了。"几句笑话过后，同学们各自忙着穿衣、洗漱、整理床铺，桶子、杯子碰撞的声音和各种嘈杂的谈话交织在一起。

此时，我如释重负，心里对尹成的感激无以名状，但我仍然不好意

思起床。直到早操铃声又响,尹成问我:"还不起床,要做操了。"我用被子蒙着头瓮声瓮气地回答:"不舒服。"

待寝室的同学都出去后,我乘机探头朝下铺一望,只见尹成的被单早已拆下泡在桶子里。就在我犹犹豫豫坐起来准备起床时,同学们已下了早操,我赶紧又躺下。这时,只见班主任和尹成从门口走了进来。

糟了,难道说尹成向班主任汇报啦?好吧,干脆闭上眼睛等待着难堪。

"阿湘,好点了吗?"班主任伸手摸着我的额头温和地问。我一阵惊异,只得"嗯嗯"地点点头。接着,班主任又对尹成说:"等会儿你陪阿湘到校医务室看看,有什么情况报告我。"此时,不知为什么,我的鼻腔一酸,眼泪不争气地涌了出来,是羞愧,是难过,也是感激。

事后得知,做早操时班主任清点人数,是尹成为我请了假,说我生病了。肖东同学也在一旁证实。

睡在我下铺的兄弟

从那天起,我和尹成调换了床位。说来也怪,此后,尿床的事再也没有发生过。而且,我和尹成同学成了非常好的朋友。高中两年(当时高中只有两年)我们没有闹过任何别扭。我尿床的丑事也没有第三人知道。我在同学们面前始终以一个健康、优秀的面貌出现,保持了做人的自尊和自信。

转眼十多年了,我早已和尹成同学失去了联系。然而每当想起那件尴尬的往事,一股温暖和感动之情便油然而生。我真想再次见到这位善良宽厚的同学,尽管说声谢谢已经显得有些多余,但我知道,今生今世我都会把这份情谊深深地藏在心中……

写作技巧 / Writing Skill

化用歌词做标题,新颖独特:文章标题化用了歌名《睡在我上铺的兄弟》,记叙了高中时代睡在"我"下铺的同学维护"我"的自尊的故事,新颖贴切的标题,令人耳目一新,给人一种亲切感,能引起读者共鸣。

爱的箴言 / Loving Speaking

遭遇尴尬的时候,别人送上的宽容和理解犹如夏日的一缕清风,能抚平你我内心的焦虑和不安。宽容是一种风度、一种生活艺术,一个宽容的人必定有很多朋友,而这些朋友就是他财富的一部分。

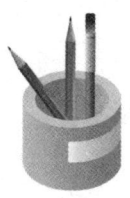

她告诉我，哭没关系

文/戴芙娜·雷南 [美]

朋友是一种相伴，也是一种相助，
友情培育的过程也是爱的相互传递、相互馈赠的过程。

昨天晚上是我多年以来第一次再见到她。她看起来糟糕透了，所有的头发染成浅色，企图藏住原本真正的色泽；就好像她想用粗鲁冷漠的外表来掩藏内心深深的不快乐。她想找个人说说话，于是我们就到外面散步。我心里想着未来，想着最近收到的大学入学申请书；她心里则想着过去，想着最近刚离开的家。然后她开口倾吐，将自己的爱情说给我听——我看到一段充满依赖的关系，一个掌控一切的男人；她告诉我她吸毒——我看出那些毒品是她的避风港；她描述未来的目标，我看到一些不切实际、追逐物质的梦想；最后她说她需要朋友——我看到希望，因为至少这是我可以给她的。

　　我们是读二年级的时候认识的。当时她少了一颗牙,我则少了很多朋友。我刚从美国大陆的另一头搬来,在森严冷酷的学校大门外,我只找到冷冰冰的金属秋千和冷漠呆滞的笑脸。我问她漫画能不能借我看。虽然我不是很喜欢看漫画,她说好,虽然她不是很想借我。也许我们两个都在寻找微笑吧!我们也确实找到了。我们找到一个人,可以在夜深时一起咯咯地笑,可以在因天气严寒而停课的日子里,一起稀里呼噜地喝热巧克力,一起坐在窗边,看着窗外的雪花仿佛永远不会停止般地飘落。

　　夏天时,我在游泳池边被蜜蜂叮到,她握住我的手,告诉我她就在我身边,若我想哭的话没关系——于是我哭了。秋天时,我们把落叶扫成一堆堆的,然后从高处往下跳,一点儿也不害怕,因为我们知道,五彩缤纷的落叶会在下面托住我们。

　　只不过现在,她从高处掉下来,却没有人在下面托住她。我们好几

个月没说过话,好几年没见了,我搬到加州来,而她也搬了家,两个人过的日子南辕北辙,两颗心的距离也比她刚横越的美国大陆还要遥远。她的话让我感觉陌生,但她的眼神却告诉我她的渴望,她在寻求力量,努力想办法以重新开始。她需要支持,现在的她,比任何时候都还需要我的友谊。于是我拉住她的手,告诉她我就在她身边,若她想哭的话没关系——于是她哭了。

写作技巧 / Writing Skill

使用插叙,使文章结构生变:文章开篇叙述了一对朋友分别多年后的重逢,随之用插叙的手法回忆了二人的交往过程,最后又将镜头拉回现在。使用插叙的手法,避免了因平铺直叙造成的平淡,使文章结构曲折有致。

爱的箴言 / Loving Speaking

多年以前,朋友伸出同样稚嫩的手,牵着你的手,和你一起走过那些欢笑与眼泪共存的岁月。如今,落难的朋友也许正需要一个可以依靠的肩膀。给他一个坚实有力的拥抱,送上支持和鼓励,向他回馈你的爱吧。

汤姆的午餐

文/佚名

善良的人从来都不缺乏，貌似霸道的心灵一旦被触动，蛮横的性情将从他们身上消失殆尽，他们的心又变得柔软无比。

在加利福尼亚州某中学，有一个班的学生异常顽劣。刚从大学毕业的露茜主动请缨，担任这个班的班主任。她站在学生面前，说："调皮包们，从今天起我就是你们的班主任了。我知道，要让你们每个人都很优秀，仅靠我一个人的力量是办不到的，我必须依靠你们的帮助！"

坐在后面一排的有一个又高又壮的男孩，大家都叫他"大个子汤姆"。他听露茜老师说到这里，就低声对他的同桌说："嘻嘻，我不需要别人的帮助就能把小个子汤米揍扁，我已经很优秀了！"

露茜老师笑了笑，说："我想请你们自己制定班规，并将创意写在黑

板上。"学生们很兴奋,不一会儿,就在黑板上列出了10条班规。然后,露茜老师又就"若违反这些班规该如何处治"向学生们征询意见。

大个子汤姆站起来说:"谁违反了班规,他就应该脱掉衣服,让您在他的后背上打10木板!"早已习惯了恶作剧的学生一呼百应。

接下来的两三天,一切都很平静,没人惹是生非。但是第四天中午,大个子汤姆的午餐竟然被人偷吃了!露茜老师马上展开了调查。很快事情便水落石出:是小个子汤米偷吃了大个子汤姆的午餐。

小个子汤米承认了他的"罪行"。露茜老师问他:"你知道你会受到什么样的惩罚吗?"小个子汤米眼含泪花,点了点头。小个子汤米这天穿的是一件厚厚的外衣,他向露茜老师乞求说:"我愿意接受惩罚,但是,请不要让我脱掉外套。"

没等露茜老师开口,同学们便嚷道这是班规中规定的,并且异口同声地命令他脱掉外套,像一个男子汉一样接受惩罚。没办法,汤米开始动手解他身上穿的那件旧外套的扣子。当他脱下外套的时候,露茜老师看见他没有穿衬衫。更糟糕的是,她看见在那件外套里隐藏着的竟然是一个极其虚弱和干瘦的身体!

汤姆的午餐

露茜老师问小个子汤米为什么不穿件衬衫。他回答:"我爸爸死了,我们家非常穷。我只有一件衬衫,可妈妈今天把它洗了。为了御寒,我只好穿我哥哥的外套。"露茜老师站在讲台上,看着这个脊骨和肋骨都从皮肤底下突出来的后背,她实在不忍心将那根硬硬的木板打下去。但是,她知道她必须执行对他的惩罚,否则,孩子们今后将不会再去遵守那些班规。因此,她狠了狠心,扬起了手中的木板。

就在这时,大个子汤姆从座位上站了起来,他问老师:"班规里有没有说别人不能替犯错者挨打?"

露茜老师想了想,说:"没有。"

大个子汤姆说:"那好,我愿意替汤米接受惩罚。"说着,他脱掉了外衣,冲老师弯下腰来。

"你有没有搞错,他吃了你的午餐啊!"

"嗯,我知道,可他实在太弱小了……"大个子汤姆轻声说。

露茜老师将木板打在了那个坚实的后背上。一下,一下,教室里寂静得只能听到木板发出的"啪啪"声。尽管露茜老师竭力控制着自己打下去的力气,但打到第五下的时候,那根旧木板忽然从中间断成了两截。

露茜老师再也忍不住了,把脸埋进她的手掌心里,哭了起来。哭着哭着,她听到教室里一阵骚乱,抬起头一看,发现所有学生都在用手抹眼泪,而且她的面前竟然多了几个脱掉了上衣的后背!

这时候,小个子汤米已经从讲台上转过身来了。他伸手搂住大个子汤姆的脖子,正在为偷他的午餐向他道歉,恳求大个子汤姆原谅他。他告诉大个子汤姆,他会永远爱他,爱班级里的每一个人……

"你们都是好样的!"露茜老师被眼前的一幕感动了,"我们的每一个同学都是优秀的。因为我从你们的眼睛里捕捉到了爱的光线,发现你们每个人的心底都埋藏着一块用关爱与善良铸造的金子!"

全班同学都含着热泪鼓起掌来,露茜老师欣慰地笑了。

写作技巧 / Writing Skill

通过细节刻画,渲染气氛,推动情节发展:细节刻画是指抓住细微而具体的典型情节,加以生动细致的描写。文章通过汤米被迫脱衣服、汤姆代他挨打等细节的刻画,渲染了感人的气氛,推动了情节的发展。

爱的箴言 / Loving Speaking

由于个性的差异或其他原因,同学、朋友相处难免会出现矛盾,当不和谐的音符出现时,如果我们选择理解、体贴和爱护,问题的解决往往比怨恨更有效。

痛苦不痛苦

文/苦苦

有的时候,谎言只是一种保护,不知道真相也是一种幸福。
朋友间的关爱,无时不在,无处不在。

一辆东风大卡车,在沪杭高速上追尾撞上了一辆厢式大货车。东风大卡车的整个车头凹了进去,司机扭曲在驾驶室里,身上的鲜血像发动机里的机油一样往下流。东风大卡车后面,停着另一辆卡车。两个司机是朋友,另一人眼睁睁地看着朋友在驾驶室里呻吟、求救。

消防队员赶来了,经过了三个小时,才把司机从驾驶室里抱出来,但司机已经死去多时了。司机的遗体被家人运走了。安葬后,司机的妻子带着五岁的儿子赶来问他一个问题。

她问:"我丈夫撞车前,有没有喝酒?"

他说:"没有。"

她又问:"有没有疲劳驾驶?"

他说:"我们刚刚启程一小时。"

她的泪掉下来了,又问:"当时他痛不痛苦?"

他一怔,说:"不痛苦。"

她问:"真的不痛苦?那有没有说什么话?"

他说:"没有。"

她已经泪流满面,对儿子说:"你爸爸死的时候没痛苦,他很坚强。"

孩子懂事地点点头。

其实,他的朋友卡在驾驶室里,痛苦至极。朋友在里面呼天抢地,但是,他无能为力。朋友那满脸的血,绝望的呼救,他回想起来,就会不寒而栗。

他不想让朋友的妻子知道这一切。否则,这惨状会让朋友的妻子一辈子也无法承受。但不幸的是,一个月后,当时消防队员救援的场面却在电视台播出了,镜头中的朋友已经丧失了理智,他在喊救命,不停地喊着。他吃了一惊,马上想到了朋友的妻子会不会看到,如果看到了,她将如何面对?

他立刻赶往朋友的家。当他走进家门时,朋友的家人正在用餐,电视关着。他们对于他的到来有点意外,招呼着他一起吃。他和他们聊着家常,他们很平静。他想,他们肯定没有看到那一幕。

从朋友家出来后,他又赶往电视台,找到了制片人。他把这个故事告诉制片人,希望电视台不要再播放这些画面了,死者的妻子、儿子都认为他死的时候没有痛苦,让他们心中永远保留着一份美好。制片人很感动,答应了他的请求。

他从电视台出来时,那位制片人一直送他到大门口,握着他的手说:"但愿这个秘密能一直保持下去。"

写作技巧 / Writing Skill

  选材独特,震撼人心:作者选材的角度十分独特,为了让死去的朋友的家属不再受到伤害,主人公选择了撒谎、隐瞒,虽然与事实相悖,却是出于要保护朋友家属的目的,读后令人为之动容。

爱的箴言 / Loving Speaking

  我们常说,要想朋友之所想,急朋友之所急。我们的着急源自我们对朋友的爱,但当我们把这种爱施及到与朋友相关的人时,这种爱已然不是纯粹的友情之爱,它已超出朋友的界限,是一种人间大爱。

忘记邀请的朋友

文/朱迪思·伯奈特·施耐德 [美]

友情不是斤斤计较。你对我心存一份愧疚，
我还你一个释然的笑脸，我们还是朋友。

事情发生在我10岁生日那天。因为这是我的第一个两位数的生日，所以家里为我举办了一个超大的生日晚会。我夹在家庭作业本里的客人名单，开始的时候只有几个亲密朋友的名字，但是在那个特殊的晚上到来之前，它已经由7个女孩迅速增加到17个了，几乎囊括了班里的所有女生。当看到每一位客人都兴奋地接受了邀请时，我别提多高兴了。

可以想象，那天晚上，一定会有很多的恐怖故事、比萨饼和礼物。但是，后来我才意识到，在那天晚上所收到的所有礼物中，真正宝贵的只有一份。

忘记邀请的朋友

房间里充满了嬉闹声，我们刚刚做完一个游戏，正在排队准备跳林勃舞的时候，门铃响了。我几乎没有费心去注意这个时候谁会到我家来，这有什么关系呢？我所喜欢的每一个人都在这儿，在我家里。

"朱蒂，到这儿来一下。"妈妈在门口喊我。

我扫了朋友们一眼，耸了耸肩，意思似乎是说，这样的时候，谁会这么讨厌，竟然来打扰我？其实我真正想说的是，做一个受欢迎的人真麻烦啊！

我从朋友们身后绕过去，来到大厅里，走向前门。突然，我停下脚步，吃惊地张开嘴。我甚至能够感觉到自己的脸在变红，因为在前廊上正站着萨拉·威斯特利——那个在音乐课上坐在我邻座的文静女孩——她的手里拿着一份礼物。

我想起夹在我的家庭作业本里的那份客人名单。我怎么能够忘记邀请萨拉了呢？

我想我忘记邀请她只是因为她没有表现出想要被邀请的意思。我记得我只是把那些向我表示了兴趣的人的名字加到了名单的后面。但是萨

拉没有这样做。她从来没有问过我有关我的生日聚会的事情,她从来没有在吃午餐的时间里加入到包围在我身边的同学们中间。同时,我也记起那次当我拖着沉重的自然课模型往三楼爬的时候,她帮我背过书包。

我接受了萨拉的礼物,请她一起进屋参加聚会。

"我不能留下来,"她垂下眼睛说,"我爸爸在汽车里等我呢。"

"你能进来待一小会儿吗?"我几乎是恳求似地说。直到那时,我才觉得忘记邀请她是一件多么糟糕的事情,我真的希望她能够留下来。

"谢谢你,但是我必须得走了,"说完,她就转身向门口走去,"星期一见。"

我拿着萨拉的礼物站在客厅里,心里空落落的。

我没有立刻拆开萨拉的礼物。几个小时后,聚会结束了。游戏、美食、恐怖故事、枕头大战,还有对那些先睡着和打鼾的人的恶作剧结束后几个小时,我才拆开萨拉的礼物。

放在小盒子里的是一只陶瓷虎斑猫,大约有3英寸高,它的尾巴高高地翘起在空中。我认为这是我收到的最可爱的礼物,即使我从来没有真正喜欢过猫。我后来发现这个小瓷雕像酷似萨拉的小猫西摩。

虽然，那时候我还没有意识到，但是，现在我知道萨拉是我的一个真正的童年挚友。当其他女孩子们逐渐散去，萨拉仍然一如既往地在那里支持我。她一直忠诚地、无条件地站在我的身边，鼓励我，理解我。

虽然，我一直为忘记邀请她来参加我的生日聚会而耿耿于怀，但是，我意识到如果我没有忘记邀请她来参加生日聚会的话，可能我永远也不会发现萨拉是我最亲密的朋友这一事实。

写作技巧 / Writing Skill

　　侧面描写，凸显人物性格：虽然作者对萨拉的形容词只有一个——文静，但这个女孩其他的品质通过其他孩子以及"我"的烘托凸显出来：她不谄媚——不像其他孩子那样向"我"表示兴趣；宽容——"我"忘记邀请她，她却不记恨；忠于友情——别人散去，她却始终在"我"身边。

爱的箴言 / Loving Speaking

　　朋友一时的疏忽和冷落或许令你不快，但不要生气，静下心来，想一想你们之间的那些美好时光，想一想他曾为你做过的事情，不快会慢慢消散，取而代之的是愉快的心情。多为朋友着想，让自己的胸怀开阔一些，你与朋友相处时定会更加和谐、顺畅。

我们学会了相处

文/高志芳

青葱岁月里，我们共同经历成长的烦恼与快乐，宽容化解了彼此之间的摩擦，一切都随着时间的流逝而变成温馨的回忆。

成长，让一切变得猝不及防。我们站在青春的门槛前，一边是少年的清纯，一边是成人的沧桑。当我们以纯真的自我融入社会，一时间，成长的烦恼与压力就变得无处不在。而我们的生命，便是在对烦恼的不断承受、克服、化解中一天天地蜕变、成长、定型的。

成长中最渴望的是与人交往，最烦恼的也是与人相处。

和同学聊天，她问起是否还记得当年的集体宿舍生活，我说当然记得，哪能忘得了啊！

刚到那陌生的宿舍，我边整理着行李边留意着满室的谈笑。早就听

说,同一寝室里常常会为了一点芝麻绿豆大的事儿闹起冷战。我只盼我所在的这个寝室是块"吉祥福地",千万别闹出什么事儿。

然而,不想发生的还是发生了,导火线是宿舍打水问题。什么"我睡上铺,下来麻烦,打水嘛……"、"我靠门远,下次再轮我吧!"、"我也不行,反正我也不需要热水,你们谁愿意就代劳吧!"我晕…… 彼此推脱的结果便是一番激烈的争吵。不大的房间里硝烟弥漫,气氛极为紧张。

其实,寝室里原来有几瓶热水,但捷足先登的3个女孩子将水用得一滴不剩,又不肯去打。其他人也赌气地闷坐着,这才引发了"战争"。唉……怎么办呢?我去吧!只有这样了。

半夜里,我被嘈杂声吵醒,好像看到上铺的两个女孩子正在穿衣下床,一会儿,其他人也探身一看究竟——原来两个家伙拉肚子了。由于先前的争吵,大家都冷着眼看她们上上下下,还有不友好的声音:"谁叫她们抢水那么不客气的,活该!"可以想象,那两位的脸色会有多难看。

过了一会儿,终于有人忍不住了,爬起来递上几颗家里带来的药

片。其他人也不再矜持，或是上前安慰，或是打来热水给她们服药。一切又恢复了平静。然而，黑暗里传来其中一个女孩子的哭声："都怪我，若不是贪小便宜……"

听到她的哭声，其他人不再有幸灾乐祸，不再有嘲笑讥讽，只有那不知何时响起的轻轻的歌声，消融了冰冷。温暖渐渐倦了我的眼，歌声也渐渐地更轻了、轻了……

之后的很久很久……过得很快，也很顺利。离开那间宿舍时，大家嘴角都扬起最舒心最坦然的微笑。

写作技巧 / Writing Skill

先抑后扬，构思巧妙："文似看山不喜平"，作文最忌平淡无奇。文章先是叙述了同窗相处的不和谐音符，随着两个女孩的生病，同学间的关系慢慢由冷转暖，最后，一曲友爱之歌骤然响起。文章基调由抑转扬，构思精巧。

爱的箴言 / Loving Speaking

纯真的友情犹如山间清风，夏日香荷，有时淡淡的，有时浓浓的，令人陶醉，也令人感动。同学、朋友之间少一些计较，多一些体谅，少一些索取，多一些付出，友情的暖流就会在体谅和付出间来回流动。

谢了,朋友

文/程静媛

纵是萍水相逢,仍然待之以关爱。
与生俱来的东西并不只有孤独,还有人情的温馨。

22岁那年,我带着对人性的悲悯,对自己的悲悯,茫然上路了。

过了黄河,穿越中原,又在烟雨迷蒙中游了西湖。西湖很美,从细雨中透出清丽、高雅的忧伤。我站在堤上,久久不能逃脱这种情调。

我披着一头黑发,脸色苍白,离满湖的欢笑非常遥远。他走过来,看着我,带来一阵缓缓的湖风,同时对我的沉默做出宽容的浅笑。我依然对周遭活动的人们感到麻木,不打算跳出固有的情绪。

"其实,跳下去也不一定舒服。"他说。我转过头看了一眼,仍不想理会,只是心里很狂傲地笑了一下,我才不会犯傻呢!

"你跳下去,我还得救你,太戏剧化了。"他嬉笑着穷追不舍。我不得不认真地看看他了,一个不修边幅、脸色和我同样苍白的年轻人,不远处,摆着一副相当破旧的画架。

我勉强笑笑,问了句:"画什么?"

他耸耸肩:"3年了,我站在这儿感慨万端,却没画出像样的东西。"听得出很深的自嘲。

"你想找什么?"

"不知道,所以注意到你。"

"怕我跳下去?"

"怕破坏了一幅有灵气的画。"

我感谢他的赞赏,笑笑说:"谢谢!"说得很由衷。

"也许你点化了我。"

我不理解地看看他。

"人才是这个生存空间真正的生灵,其实,你第一次转过头来时,我已经知道你'水性'很好,不会被'淹'的。"

"人们的相互关注并不值得庆幸。"

"你很孤独?"他关切地看着我。

"孤独与生俱来。"

"可与生俱来的东西并不只有孤独。"

"我习惯了,或者说喜欢。"

"你可以喜欢,但不要习惯。"

我觉得他正一点一点地打倒我的孤傲,很想快点躲开,却又扔出一句:"你呢?是喜欢还是习惯了感慨万端?"

"我很空虚。世间万物没有属于我的东西。"他坦诚的语言射出一种逼人的沉闷。

唯剩沉默。

等他画完一张速写递给我,我大大地惊诧于他的画笔的穿透力:画上的女孩孤傲、忧伤而又飘逸得让人不可捉摸。

小心防守的堡垒突然被冲击,很是恐慌,我匆匆地就要告辞。他在那

张速写上草草地写了几笔，折了两折给我，像阳光一样灿烂地笑了笑。

我就这样告别西湖，坐上了南下的火车。如画的杭州真的远去了，我才打开那张速写。画面边上写着：感到寒冷时，请来！

我骤然感到浓浓的暖意，又想起他说的："与生俱来的东西并不只有孤独。"

我知道了还有人情的温馨。

谢了，朋友！

写作技巧 / Writing Skill

精彩的对话描写，推动情节发展：年轻画家和女孩之间的对话每一句都很简短，但就是这一句句简短而又紧凑的话语让画家完成了对女孩的点悟，令她迷途知返。女孩的心情由阴转晴，情节也在对话中不断发展。

爱的箴言 / Loving Speaking

一时遭遇挫折便认为这世界没有可爱之处，对人生不再抱希望，其实这只是忧郁的阴云暂时蒙蔽了你原本晴朗的心空。任何时候，任何处境都不要对生活失去信心。要知道，有很多人在关心着你，他们包括你的家人、你的朋友，甚至是陌生人，你并没有被这个世界抛弃。只要留心观察，你就会发现，人与人之间并不缺少爱。

信

文/福斯特·弗柯洛 [美]

写一封信也许只需要一个小时、几十分钟，生死离别的遗憾却是用一辈子也无法弥补的。

他一定聚精会神地在读着什么——因为我不得不敲了敲他汽车的挡风玻璃以引起他的注意。

"能上您的出租车吗？"我问道。他点了点头。

当我在后座坐定时，他表示了歉意："真对不住，先生，我正在读一封信！"他的嗓音听起来像是患了感冒。

"家书抵万金嘛。"我说。估计他年龄在60至65岁光景，我猜测道："信是您的孩子——或者孙儿写来的吧？"

"不是家信，虽然可说我们犹如一家人。"司机回答道，"艾特是我

最老的老朋友了,以前我们一直一见面就以'老伙计'相称。我们从小就是好朋友。在学校里,我俩一直读一个班。"

"友谊地久天长,可真难得啊!"我感叹道。

"不过最近这25年中,我们其实会面仅一两次,因为我搬了家,接着似乎断了联系。"他继续说着,"他两星期前去世了。"

"真遗憾!"我说,"失去这么一个老朋友真够伤心的。"

当他再次开口时,他几乎不是对我讲而是在自言自语:"真后悔没给他写信!"说完,他把信递给我,"请看吧!"

信是用铅笔写的,开头的称呼是"老伙计",信上提到他常常想起他们以前在一起的美好时光,字里行间透露出一些与这位司机有关联的事情,如年轻时开的玩笑以及对过去岁月的可爱追忆等。

"这一句写得好,"我说,"'你多年的友谊对我来说那样重要,但我笨嘴拙舌简直无从表达。'"我发觉自己不知不觉地在颔首称道,"这种解释定会使你感到欣慰,是吗?"

司机说了一些我听不懂的话。我说:"我但愿也能收到一封与此信相同的来自老朋友的信。"

目的地就要到了,因而我只得匆匆扫向信的最后一段:"我想你得知我正想念着你时一定很高兴。"最后的签名是:"你的老朋友汤姆。"这个签名令我困惑不解。"我认为您那朋友叫艾特,"我问,"为何他最后签上了'汤姆'?"

"这信不是艾特给我的,"他解释说,"我是汤姆,这是我在得悉他逝世前给他写的信,我一直没将信邮走……我本该早点写给他。"

当我步入旅馆后,我没有马上打开行李。我想:我得首先写封信,并且必须寄走。

写作技巧 / Writing Skill

结尾出人意料,情节设计巧妙:读者肯定也像文中的"我"一样,以为信是艾特写给出租车司机汤姆的,不料文章篇末却指出,这其实是汤姆没来得及而且再也没有机会寄出的一封信,汤姆的懊悔在情理之中,令人心生感慨。

爱的箴言 / Loving Speaking

繁重的学业、忙碌的生活让人忙得晕头转向,不知今夕是何年。想一想,已经有多久没和身在他乡的好朋友联络了?他最近还好吗?暂时放下手中所忙的事情吧,写一封信,打一个电话,或是发一条短信,让久违的问候响起,让友情的暖流传递。

兄弟……我就知道你会来

文/佚名

不是兄弟，胜似兄弟。战火弥漫，枪林弹雨，
我们并肩作战，生死与共，永远不分离。

在一次战争中，一个在战壕中的士兵对他的长官说："长官，我的兄弟在前面战场上倒下了，我请求让我过去救他。"

他的长官说："你不要去了，你看外面子弹横飞，非常危险，而且看他的样子恐怕已经死了，你去了，不过是白白浪费自己的生命。"

但是这个士兵非常坚持地说："不行长官，我必须去，因为他是我最好的兄弟！"

长官最后没有办法，只好让这个士兵冲出去救他的兄弟。

最后，几乎是奇迹般的，士兵居然在枪林弹雨中把他的那个兄弟背

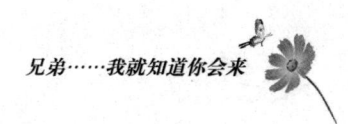

回来了!

可惜的是,他的那个兄弟已经死了,而他自己也身负重伤,很快就不行了。

那个长官很惋惜地对他说:"你看,我说他已经死了,你非要去,现在你也不行了,你说这样值得吗?"

这个士兵用自己生命的最后的力气对长官很坚定地说:"我觉得值得……长官……因为我到他身边的时候,他还没有死。他当时的最后一句话是:'兄弟……我就知道你会来……'"

写作技巧 / Writing Skill

文章于平实中见真情:文章虽篇幅短小,但用平实的语言叙述了一个士兵对其兄弟的不离不弃。在文章结尾,受伤士兵用一句平实的话表达了对朋友的信任,正是这种相知之情令他的朋友即使付出自己的生命也心甘情愿。他们真挚的友情令人感动。

爱的箴言 / Loving Speaking

战友间的生死情谊是肝胆相照,是两肋插刀,是在战友有困难的时候鼎力相助,是在战友遇到危险的时候义无反顾。不管是战火纷飞的岁月,还是天下太平的年代,战友情都是最真挚、最感人的一种感情。

需要资金吗,今天?

文/木同

患难之中见真情,真正的朋友不一定会锦上添花,
但一定会雪中送炭,会在你最需要的时候送上实实在在的帮助。

我 是一个特别喜欢浪漫的人,所以手机里少不了存着许多风花雪月的短信。但我存得最久、直到现在都舍不得删的一条短信却与风花雪月完全无关,那是一句如果不明前因后果会让人觉得莫名其妙的话:"需要资金吗,今天?我去给你送钱,三千够吗?"

发送短信的日期是2006年4月。离现在,已是一年多了。

那时,我得了一场重病,停掉手里一切工作,做手术,住院。世人都羡慕白领时尚自由的生活,只有身在其中,才知什么叫"手停口停"。那时我才换了工作不久,又刚交了半年的房租,住院押金加治疗所花杂费,几乎立时捉襟见肘。我又骄傲惯了,从不在朋友们面前诉苦,自以为也没人看得出来。

就在用钱最紧张的时候,一个平时交往很好的朋友来看我。"缺钱不?"我只当他是普通的客气,所以很随意地答:"还好啦。"他又叮嘱说:"如果真缺钱就告诉我啊!"

我笑着点头,却并没有认真地去记着他的话。

过了几天,忽然收到他发来的短信:"需要资金吗,今天?我去给你送钱,三千够吗?"心里没来由地一震,眼泪都快出来了。他是认真的啊!认认真真的,实实在在的,想要帮助我。他知道我不会主动开口,所以特别再发短信来问——所谓患难之交,这就是了吧?

住院期间,时时收到朋友们的短信,多是殷勤问候、祝愿早日康复。知道自己并没有被人遗忘,心里也是觉得温馨的,但无论如何都不如那条短信让我感动至今。

一年能有多少天？在这个以短信说话的时代，365天可以收到多少条短信？可是这条短信一直安安静静地躺在我的手机里，我无数次地去翻看，甚至不去翻看也可以把它的每一个标点倒背如流，却始终舍不得删除它。

那么一种患难情谊，是这辈子也删除不了的吧？

写作技巧 / Writing Skill

　　巧用衬托，突出主要对象：文章开篇用"风花雪月的短信"衬托让作者一直舍不得删除的那条短信，以此显出这条短信的珍贵；在篇末，作者又用其他朋友的短信问候来衬托这条短信，再一次突出这条短信，使朋友的形象高大起来。

爱的箴言 / Loving Speaking

　　在顺境中，朋友结识了我们；在逆境中，我们了解了朋友。在你炙手可热时，有的朋友可能不会对你曲意逢迎，他可能会离你很远很远；而在你落难时，他一定第一个赶来，给你最贴心的帮助。人生路上，有这样的朋友相伴而行，我们才能越走越远。

选 择

文/佚名

有的友谊不一定能够天长地久，但只要曾经拥有便已足够。
朋友陪着我们一起哭、一起笑的那些美好回忆足以令我们珍惜一生。

和莫利第一次见面的时候，她很快就成了我最好的朋友。我们有着共同的喜好，会为同样的笑话哈哈大笑，我们甚至都喜欢向日葵。所有的人都知道，只要看到莫利，就会找到我；同样地，只要看到我，就会找到莫利。

小学五年级的时候，我们不在同一个班，但吃午饭的时候，我们会背对着背坐得很近，转过头聊天。那个暑假，莫利和她弟弟经常来我家。我们去游泳，在外面疯玩，练习吹长笛。我们为彼此买了护身符，还保证说要经常佩戴。暑假很快就过完了，就这样，我们上了初中。我们虽然没有

分在同一个班，但我们会打电话聊天，我会去莫利家，莫利也会来我家，我们一起唱歌，一起练长笛。没有什么可以破坏这份友谊。

上初二了，我们还是不在同一个班，吃午饭的时候也不能坐在一起。我们好像在经历一场考验。我们都结识了新的朋友。莫利开始跟她的一群新朋友出去玩，朋友越来越多。

我们在一起的时间少了，也不怎么打电话了。在学校我想跟她说话的时候，她会假装没看见我。等我们好不容易找到时间聊天时，一旦她的新朋友走过来，莫利便会跟着一起走，把我一个人留在那里。我真的很伤心。

我决定跟莫利好好谈谈。本来我很担心，我会伤害她，会惹她生气。但奇怪的是，我们在通电话的时候好像又成为了好朋友。

我跟她说了我的感受，她也跟我说了她的想法。那个时候我才意识到受伤的不仅仅只有我一个。没有我在她身边跟她讲话时，莫利是很孤单的，她应该怎么做呢？不再交新朋友了吗？而且莫利觉得我和我新结识的朋友冷落了她。有好多次我都忽视了她，但我都没注意到。

我们讲了很久，等放下电话，我发现我已用了一大把纸巾擦眼泪，但

我觉得心中的大石块好像不见了。我们都表示以后要和新朋友在一起玩，但我们都不会忘记我们曾经的那段友谊，曾经拥有的快乐。

现在莫利不再是我最好的朋友，但我们更像是姐妹，我们依然有着同样的喜好，会为同样的笑话哈哈大笑，依然喜欢向日葵。莫利教会了我一个非常重要的道理，那就是，所有的事情都处于变化之中，人也无时无刻不在变化，但这并不代表我们忘记了过去或试图把过去隐藏起来。这仅仅是说我们都在前进，但我们依然珍惜所有的回忆。

写作技巧 / Writing Skill

情节曲折，一波三折：文章开篇渲染了两个女孩深厚的友谊，顺着文章的思路，读者本以为情节要朝着纵深发展，她们的友谊会更上一层楼，不料两人却渐渐疏远，直至通过电话谈心，两人才打开心结。情节起起伏伏，引人入胜。

爱的箴言 / Loving Speaking

人生就是不断选择的过程，与朋友的交往同样如此，有的友谊也许只是人生旅途中的一段美丽风景。如果旧时的好友因为某些原因疏远了你，不要伤心，因为这并不能代表他已将你忘记，你们只是都在前进，而心中依然会珍惜所有美好的回忆。

一个半朋友

文/佚名

生死攸关的时刻,有的朋友与你肝胆相照,舍身为你;
有的朋友虽明哲保身,但不会落井下石、加害于你。

从前有一个仗义的广交天下豪杰的武夫,临终前他对儿子说:"别看我自小在江湖闯荡,结交的人如过江之鲫,其实我这一生就交了一个半朋友。"

儿子纳闷不已。他的父亲就贴近他的耳朵交代一番,然后对他说:"你按我说的去见见我的这一个半朋友,朋友的要义你自然就会懂得。"

儿子先去了父亲认定的"一个朋友"那里,对他说:"我是某某的儿子,现在正被朝廷追杀,情急之下投身你处,希望予以搭救!"这人

一听,容不得思索,赶忙叫来自己的儿子,让儿子和这"朝廷钦犯"互换了衣衫。

儿子明白了:在你生死攸关的时刻,那个能与你肝胆相照,甚至不惜割舍自己亲生骨肉来搭救你的人,可以称做你的一个朋友。

儿子又去了父亲说的"半个朋友"那里,把同样的话说了一遍。这"半个朋友"听了,对他说:"孩子,这等大事我可救不了你,我给你足够的盘缠,你远走高飞快快逃命,我保证不会告发你……"

儿子明白了:在你患难的时刻,那个能够明哲保身、不落井下石加害你的人,也可称做你的半个朋友。

写作技巧 / Writing Skill

一线到底的写法使文章点清线明:文章以武夫的儿子寻找父亲的一个半朋友为线索,揭示了朋友的要义。开篇引出线索,最后又以线索作结,文章清新自然。

爱的箴言 / Loving Speaking

人的一生中会遇到很多朋友,大部分的交情会像"半个朋友"的交情,如果幸运的话,我们也可能会遇到"一个朋友"。我们不能要求所有的朋友都会像"一个朋友"那样为我们付出一切,因为并不是每段交情都是那么深厚。与朋友在一起,从善待朋友的过程中得到快乐,便已足够。

真正的友谊

文/佚名

真正的友谊能够克服所有困难，能够经受得住时间的考验。没有朋友，我们的生活将会失去阳光。

克里斯汀是个忧郁、孤独的女孩。她从不向任何人倾诉她的秘密和烦恼，甚至是她的家人。只有和她最好的朋友杰西在一起的时候，她才会感到快乐。

她什么都跟杰西说，她的想法、秘密和所有的烦恼。和杰西在一起的时候，她感觉像是换了一个人。她的眼神充满欢乐，她的心像只快乐的小鸟一样自由翱翔。

有一天，杰西兴冲冲地来找克里斯汀，告诉她发生了件不可思议的事情。原来，杰西爱上了马特，他们学校新来的一个男孩。克里斯汀

为她的朋友高兴,可同时她也感到不安,因为她想有可能会失去这个朋友。她若有所思地问杰西:"这会不会毁掉我们的友谊呢?"

"当然不会!傻瓜!我爱你胜过一切,你是我最好的朋友。我怎么会让你失望呢?"杰西答道。

"你有了男朋友,可能不需要我陪伴了。"

"不会的,别担心。你是我最好的朋友,我会一直在你身边。"

杰西的话听起来那么真实,那么甜蜜,那么诚恳。克里斯汀相信了她,不再担心会失去她唯一的好友。

后来的一段时间,一切如常。可渐渐地,杰西越来越多地跟马特在一起,不再经常见克里斯汀了。克里斯汀愈发感到忧伤和不快乐。她不停回想杰西的话,感觉杰西欺骗了她。最终,她对杰西由爱生恨。因为杰西的做法说明朋友并不总能相守。她痛苦得难以自拔。

几个星期后,杰西去看克里斯汀。克里斯汀对她十分冷淡。杰西对此感到十分诧异,问道:"出什么事了吗?"

"问问你自己的心吧,杰西。你就知道答案了。"

杰西愤然离去,为自己的行为辩护,怪克里斯汀嫉妒她。因为她有了男朋友,而克里斯汀从来没交过男朋友。即便如此,后来她不断地给克里斯汀打电话,可后来也就不打了。她们的友谊留给彼此的,只有她们在一起的快乐回忆。

一年后,克里斯汀读完高中,考入大学。她各门功课都很出色,可是,在内心深处,她仍然感到孤独和悲伤。有时候,她会抱着她那个破旧的泰迪熊布偶,坐在房间里,回想她和杰西一起度过的快乐的孩提时光。那只泰迪熊是她过八岁生日的时候,杰西送她的生日礼物。

新学期开始了,克里斯汀发现宿舍只有她一个人住,从前的室友转学去了另一个大学。有个女孩下周到校,将成为她的新室友。这让克里斯汀十分担心,因为她不能很快跟陌生人熟络起来。

一天下午,她打开宿舍的门,猛然看见对面床上有个半开的手提箱,最上面是一个破旧的布娃娃。一时间,克里斯汀恍然觉得回到了自己九岁的时候,把同样的布娃娃作为生日礼物送给杰西。她还没来得及回过神来,浴室的门开了,杰西就站在她面前。好一会儿,两个女孩就

真正的友谊

那样互相看着,一动不动,默默无语,眼含热泪。她们什么也没说,跑向对方,拥抱在一起。她们笑着、哭着,互相道歉。好像她们这些年从未分离过,她们坐在一起聊到深夜。杰西告诉克里斯汀,她还和马特在一起,可她很怀念她们的友谊。

克里斯汀很高兴能和老朋友重逢。她们常常在一起学习、购物,直到克里斯汀也有了男朋友。这下子,轮到杰西问她:"这会毁了我们的友谊吗?"

"不,杰西,我们永远是好朋友。"

写作技巧 / Writing Skill

以时间为线索,一线串珠:"有一天"、"几个星期后"、"一年后"、"一天下午",明显的时间线索将两个朋友之间的点点滴滴串连起来,一场悲欢离合的友情故事在此上演。

爱的箴言 / Loving Speaking

友谊是火,熔化了人生的冰;友谊是雨,滋润了心灵之花。人生在世,不管是多么美丽的青春年华都会随着时间的流逝而一去不复返,唯有朋友间的真挚友谊不会枯萎。珍惜你的朋友吧,不要因为一点小事就放弃友情,比起宝贵的友情,那点小摩擦、小争吵又能算得了什么呢?

只是因为

文/辛蒂·维斯 [美]

播种爱，就是播种快乐，朋友因感觉被爱而快乐，自己因施与爱而快乐，我们都在享受友爱的果实。

几年前，我因病在医院住了一个月。住院期间，同事们分担了我的工作，不时来探望我，送我鲜花、卡片，鼓励我早点康复。而当我出院回到公司上班时，更是受到他们热情的欢迎，当我复查时他们也依然很热心地帮助我。他们对我这么好，我决定要好好地谢谢他们，以表达我的感激。

一天中餐的时候，我来到我最喜欢的花店，买了摆在橱窗里的一束美丽的花。我要老板帮我送给我住院时特别关照我的一位同事，且在卡片上写着"只是因为"，却不署名，并请求花店老板为我保守秘密。

当我精心安排的花送达时，我同事的脸上看起来容光焕发。那天下

午办公室里更是显得兴奋异常,每个人都很好奇她的爱慕者是谁,而只有我独自在一旁很开心。

隔天中餐时,我又安排送花给另一位和蔼可亲的同事,并且同样只在卡片上留下"只是因为"几个字。而第三天,我继续如法炮制地送第三束花给另一位同事。

谁能想得到一束花所带来的魔力啊!我制造的迷雾让我的同事纷纷打电话向花店询问送花者是谁。但是,花店老板守口如瓶,始终没有透露半点口风。

偶尔间,我听到一位男同事说:"男人不喜欢花——真庆幸我没有收到任何一束花。"隔天,我的那位男同事便收到了一束花及同样写有"只是因为"的卡片。而当此事发生时,他的脸上因荣耀感而涨得鼓鼓的,衬衫的扣子几乎都快被撑破了。

送花的行为继续让办公室充满快乐的气氛。每一天,同事都在等待着我安排送来的花,且挑选下一位收到"只是因为"卡片的接收者。随着弥漫在我们部门的欢乐及好奇也散播到了其他的部门时,喜悦溢满了

我的心,因为"只是因为"所带来的喜悦,让所有的人都感受到了快乐和被爱,而这件事整整持续了3个礼拜。

最后一次的"只是因为"的花束被送到一个全体员工的会议上,我写上了对部门里的每一位同事的致谢,也揭开了那位只写"只是因为"的爱慕者的谜底。彼此关爱和关心的感觉一直在我们的部门发酵了好一阵子。我永远都不会忘记同事们收到"只是因为"卡片和花束的特殊礼物时脸上所泛的笑容,没有一件事能比得上他们回馈给我的和善与喜悦使我更感欣慰。

写作技巧 / Writing Skill

以物为线索,结构清晰:"只是因为"的卡片及鲜花从篇首贯串至篇末,将感恩同事的一个个小片段缀连起来,把故事演绎得温馨动人,做到了文章中心明确,脉络清晰。

爱的箴言 / Loving Speaking

播种爱,回馈爱,爱心在你我之间传递,暖流在你我心间流淌。人与人之间不应是冷漠的关系,同事间彼此关爱,同学间相互关心,你或我的任何一次善意之举都能让我们的社会更加充满温情。

只说一句话

文/黄健

将时间省下，为的是让别人的家人少一丝担忧，少一分熬煎。危难之际，他们共同书写友爱的篇章。

想起2005年11月26日的那场江西九江地震，海子仍心有余悸。

海子是搞建筑的，常年带着施工队走南闯北，江西发生地震的时候，他就在九江。

那天，天看上去很晴朗，海子和工人们像往常一样在工地上施工。突然，就听见轰轰隆隆的声音从楼顶上传来，非常沉闷，仿佛在空中旋转。海子下意识地抬头向上望了望，这时他发现地面、墙面都在晃动，有沙浆、砖块从上面掉下来。"地震了，快跑！"海子大喊一声，就往外面空地上跑。

　　听到海子的叫声，工人们也纷纷逃出来，有几个工人还撞在了一起，跌倒了，又赶紧爬起来往外冲。好在海子他们施工队的大楼才建到第二层，几十秒的时间，工人们全都撤到了空地上，38个，一个都不少。海子这才长长舒了一口气。

　　地震结束后，海子就接到家里的电话，原来家里人看了新闻，知道九江地震了，问海子有没有事。打完电话，海子看见有几个工人跑到街上去了，但很快又沮丧地回来了。"妈的，连公用电话都砸了。"二狗子嘟囔着。海子知道，他们也想给家里报个平安，让家里人放心。海子掏出手机，说："都给家里报个平安吧！用我的手机打，二狗子，你先来。"

　　二狗子感激地接过手机，拨打起电话。其余的汉子都在二狗子的身后排起了队，全然没有往日的争吵和拥挤。

　　"老婆，我们都没事。放心吧！回头我再给你打电话。"二狗子只说了一句话，就挂了电话，把手机给了下一个汉子。

　　"孩子，爸爸挺好的！"

"妈,地震对我们没影响!"

············

汉子们仿佛约好似的,只说一句话,就把手机给下一个人。接不通的,也不再重拨,自觉地排到了队伍的最后,静静地等待下一次机会。

只说一句话,就足以让家里人一百个放心,而省下的时间,可以让别人的家人少一丝担忧,少一分熬煎。

海子的眼角禁不住湿润起来……

写作技巧 / Writing Skill

  设置特定人物,真实可信:作者在文中设置了一个特定人物"海子",通过他的口吻来描述他的所见所闻、所思所感,这能造成生动逼真的阅读情境,让读者如临现场。

爱的箴言 / Loving Speaking

  地震发生后,劫后余生的工友们没有了往日的争吵和拥挤,有的只是相互体谅和关照,这便是友情在特殊情境下的表现。这种无言的关爱,如丁香般散发着氤氲的香气,令人沉醉。

图书在版编目（CIP）数据

感恩朋友：令中国学生珍惜一生的友情绿洲／龚勋
主编．—汕头：汕头大学出版社，2012.1（2021.6重印）
ISBN 978-7-5658-0423-6

Ⅰ．①感… Ⅱ．①龚… Ⅲ．①散文集－世界 Ⅳ．
①I16

中国版本图书馆CIP数据核字（2012）第003284号

感恩朋友 令中国学生珍惜一生的友情绿洲
GANEN PENGYOU LING ZHONGGUO XUESHENG ZHENXI YISHENG DE YOUQING LÜZHOU

总策划	邢涛	印刷	唐山楠萍印务有限公司
主　编	龚勋	开本	705mm×960mm　1/16
责任编辑	胡开祥	印张	10
责任技编	黄东生	字数	150千字
出版发行	汕头大学出版社	版次	2012年1月第1版
	广东省汕头市大学路243号	印次	2021年6月第7次印刷
	汕头大学校园内	定价	34.00元
邮政编码	515063	书号	ISBN 978-7-5658-0423-6
电　话	0754-82904613		

●版权所有，翻版必究　如发现印装质量问题，请与承印厂联系退换

... to be continued